Chemistry

Weike Wang

ケミストリー

ウェイク・ワン
小竹由美子 訳

CREST BOOKS
Shinchosha

ケミストリー

CHEMISTRY
by
Weike Wang

Illustration by Natsuru Matsuda
Design by Shinchosha Book Design Division

エピグラフ（数学、名詞）：関数のグラフ上またはグラフより上のすべての点の集合

第一部

男の子が女の子にある質問をする。結婚についての質問だ。明日また訊いて、と女の子が返事すると、そういうものじゃないよ、と男の子。

ダイヤモンドはもはや知られているかぎりもっとも硬い鉱物ではない。『ニュー・サイエンティスト』によると、ロンズデーライトがいちばん硬い。ロンズデーライトはダイヤモンドよりも五八パーセント硬く、隕石が地球に衝突したときにのみ生成される。

良い点と悪い点をリストにすれば、と研究室の同僚は言う。ぜんぶ書き出して、自分に納得させるの。

それから彼女はわかるよという顔で頷くと、わたしの腕を撫でる。

研究室の同僚は難しい問題も解決してしまう。彼女の机はわたしの隣だけど、ずっときちんとしていて、成果を挙げている。

ごリッパなもんよね、彼女は自分が発表した数多くの論文についてそう言い、真面目になりすぎることはないし、忙しくしてはいるけどそれほど忙しがってるわけじゃなく、化学以外のこともしゃべる。

彼女の態度は清々しい、でもちょっと変じゃないかと思う。わたしがあれほど優秀だったら、さりげなく自分の論文のことを話題にするだろうな。例のあれ、読んでくれた？　じっさい読む価値があるんだから。表だけでも見事で構成もいいのよ。

わたしは論文をひとつ発表しただけ。表はじつに見事で、くっきりとダブルスペースで枠線が引かれている。見出しはどれも簡潔でわかりやすい。

どこかで読んだのだけど、科学論文ひとつあたりの平均読者数は〇・六人だそうだ。

そんなわけで、リストにしてみる。良い点はたくさんある。

エリックは夕食を作ってくれる。エリックは素晴らしい夕食を作る。エリックは歯ブラシに歯磨きをつけて渡してくれるし、わたしの口に入れてくれることさえある。エリックはゴミを出してくれる、資源ごみも。うちの植物すべてに水をやってくれる、植物は生きているんだということをわたしはどうやら覚えていられないみたいなので。この葉っぱ、どれもカサカサしてるんだけど、一週間留守にしていた彼はそう言った。

その週彼はカリフォルニアへ、若手のエリート化学者たちが集まる会議へ行ったのだ。

それにエリックは、雨がひどくて自転車で行けないときにわたしを研究所まで車で送ってくれる。ボストンは雨が多い。横なぐりの雨に顔を叩かれることもある。

それにエリックは犬の散歩をしてくれる。わたしたちは犬を飼っている。わたしのためにエリックが手に入れてくれた。

悪い点はひとつも思いつかないことに、わたしは気づく。最初からわかっていたことだ。

これはリストの半分なの、とつぎの日研究室の同僚に話すと、クッキーおごったげる、と彼女は言う。

研究室には、アルゴンが充填されたボックスがふたつある。わたしはそこで極めて注意を要する化学実験を行う、けっして空気を入れてはならないような類の。空気が入ると、化学物質が発火する。そこは、なにひとつうまくいかない日に突っ伏してしまいたくなる場所でもある。

そういう日には、加える触媒の量を間違える。あるいは、間違った触媒を加えてしまう。

触媒によって反応は早くなる。触媒は、反応が進むまえにぶつかる障壁である活性化エネルギーを下げるのだ。

この作業が、けっきょくなんの役にたつんだろう？　部屋にひとりでいるときにそう自問してみる。正式には溶媒ルームと呼ばれているけど、わたしは「孤独の要塞」と名付けている。

エリックはもうこの研究室にはいない。去年卒業して、いまはべつの研究所にいる。化学の博士課程を修了するには、すくなくとも五年かかる。エリックと出会ったのは、わたしが一年目で彼が二年目のときだ。

今、わたしたちのアパートを歩きまわると、彼のものに躓く。大きな黒のドラムケースやスチールポットやなかで茶色い液体が発酵している大型瓶。エリックはドラムを演奏し、ビールを醸造する。このふたつの趣味が場所をとるというのは悪い点だけど、それ以上にわたしは彼のドラムを聴くのが好きだし、ビールを飲むのも好きだ。

良い点のリストはどんどん長くなる。

結婚についてはこれまでも話し合ったことがある。身を落ち着けて子供を持つ自分を想像できる？　自分が子供を持つことを考えられる？　できないとは言えなかったけど、できるとも言えなかった。わたしたちはこういう話を、どうってことないように交わした。いつも彼は、もし実際にプロポーズされたらわたしは違うことを言うだろうと思っていた。

すくなくとも、これで僕の手の内はもうぜんぶわかっただろ、と彼は言う。だけど、決めるのにあんまり時間をかけないでよね。

この夏は我慢できないくらい暑い。ホーム・デポで、わたしたちは扇風機を探して通路をうろうろする。うちにあった一台は昨日壊れてしまい、来週はもっと暑くなるらしい。そして来月にはハリケーン。

ハリケーンの記事を見たエリックは、これを書いた人たちは読者をおちょくろうとしてるだけなんじゃないか、と言う。

どうしてそんなことするのよ？　とわたし。

面白いから。

なるほどね。そして一拍おいて、わたしは笑う。

辛抱強さがエリックのいちばんの美徳だ。わたしには並んでいられない長い列に並んで待つことを、彼はなんとも思わない。うずたかく重ねたランプシェードを持ってきておきながら金を払う段になって考えなおしている、自分の前にいる年配の女の人に、重い扇風機を抱える彼は笑顔を向ける。女の人は店員に意見を求める。エリックにも意見を求める。赤紫色は要るかしら？

わたしには声をかけない。わたしがイライラと片足で床を叩いているせいだ。女の人はさらに考え、ランプシェードをひとつずつ両手で回したあげく、ひとつも買わない。

車に乗り込むと、「地獄」ってものを改めて考えてみるとするなら、さっき並んでた列がまさにそれね、とエリックに言う。ただし、あの女の人はランプシェードのことで決心がつかないまま、列はちっとも進まないいんだけど。

想像できる？　とわたしは問いかける。あれを山頂へ押し上げるよりひどい罰よね。

大岩《ボウルダー》だろ、とエリックが言う。

わたしはなんて偽善者なんだろう、と思う、彼に返事を待たせておきながら、列に二十五分並んだことでガタガタ言うだなんて。

家に着くと、エリックは扇風機を組み立て、犬は気が違ったようになる。

二年まえ、エリックとわたしはいっしょに暮すようになった。犬は飼っていないけど、飼おうかと考えてはいる。どんな種類？　とエリックが訊ねる。大きいの？　小さいの？　わたしには特に好みはない。とにかくかわいいのでどう？

彼が犬を初めて連れ帰ると、ふさふさした長い尻尾がソファを叩く音がわたしの耳に響く。二十キロの雄のゴールデン・ドゥードル。信じられないくらいかわいい。走ると、耳がぱたぱたする。手入れをしないでおいたら、毛がどんどん伸びて金色のクマみたいになるだろう。

この金色のクマは人間が大好きで、これはいいことだ。でもそれから、ほかのものはなんでも怖がるのがわかる。ヘアドライヤーも、空箱も、扇風機も。

わたしの家系には短気の血が流れている。黒髪と同じく優性遺伝だ。エリックは赤毛。あなたたちの赤ちゃんが赤毛になるってことはあるのかしら、と友人たちから訊かれる。赤毛は絶滅しかけているし、友人たちはエリックの美しい巻き毛のことを心配しているのだ。

わたしは答える。メンデルが遺伝の法則について完全に間違っていたというのでもないかぎり、わたしたちの赤ちゃんはわたしの髪になる。

でも友人たちは、なおも夢を見続ける。赤毛の、アジア系の赤ん坊。友人のひとりが言う。それについて科学論文を書いて研究職に応募して、それから終身在職権を獲得すればいいじゃない。

エリックはすでに研究職を探している。主に学部生を対象とする大学で教えたいと思っている。

彼らは未来だからね、とエリックは言う。院生と比べると、学ぶことに熱心で精力的で楽しそうだ、だいたいはね。学部生が相手なら、本当に成果をあげられる。

わたしは口には出さないけど内心で思う。そんな話し方する人って、わたしの知ってるなかじゃあなただけ。すごく熱っぽくて、なんでもいいほうに解釈しようとする。

だけど、彼が関心を持っている大学はボストンにはない。オハイオ州オーバリンみたいなところにある。

エリックはきっと仕事に就けると思う。彼の人生の道は、矢が的に向かうみたいに一直線。わたしの軌道を描くとしたら、空間を漂う気体粒子みたいになるだろう。

研究室の同僚はよく、あまたの先輩化学者たちの金言を口にする。たとえうまくいかなくとも化学を愛していなければならない。化学を無条件に愛さなければならない。

赤毛の赤ん坊のことを訊ねる友人たちは、最近結婚したか最近犬つきで結婚した人たちだ。今夜みたいにそんな友人たちをディナーに招くと、いつも、わたしたちが婚約を発表しようとしているのだと思われる。

お知らせがあるんじゃない？　と友人たちは訊ねる。

まだよ、とわたしは答える。でもほら、かわりにおろしたばかりのパルメザンチーズをどうぞ。

陰では、みんなもっと辛辣なのはわかっている。彼らは互いに訊ねあう。もう四年になるんじゃなかった？　冗談を言う。彼女、彼の金が目当てでくっついてるだけだよ。

大学院生はほとんど稼げないし、博士号を持った科学者の数のほうが仕事口より多いというのは、今や常識だ。

エリックが最初に博士号を取ろうと決めたのは、高校のときだ。彼は化学の授業をとっていて、出来がいい。そこは、メリーランド州西部の、教会の尖塔はたくさんあるけどスターバックスはひとつもない小さな町だ。一年おきに、DC空港から三時間車を走らせてアパラチア山脈の峡谷を抜け、絵のように美しい町にやってくると、エリックはあらゆる人と知り合いのように思える。U字型のカウンターで、男の人に手を振る。彼のバンドの先生だったらしい。郵便局では女の人に手を振る、高校時代の友達のお母さんだ。U字型のカウンターがある軽食の店はナイナーズという名前だ。いつも農地が売りにだされていたり、製材所があったりする。

ときどき不思議になる、なんだって彼は研究所で一週間に七十時間働くために、どのアイスクリーム屋も乳製品販売所と呼ばれているようなところから出てきたのだろう。彼は化学の先生のせいにする。先生はよく彼に訊ねた。君はこの先どうするつもりだ？　ぶらぶらしてますなんて言うなよ。

中国の母親たちは、子供はそれぞれの特性を子宮のなかで選ぶと信じている。賢い子はせっせとより良い特質を選ぶ。バカな子はすぐにまごまごしては寝てしまう。怠けているせいで、良くない特質があたる。

というか、これはただわたしの母親がそう信じているというだけなのかもしれない。

あんたがもっといい選び方をしていれば、あんたのお父さんのひどいかんしゃくもちやあたしの目の悪いところなんかもらってなかったでしょうに。

わたしはこんなこと信じたくないのだけど、頭にしっかりしみ込んでしまっている。わたしと比べたら、エリックのかんしゃくなんて存在しない。

木曜日はゴミの日だ。わたしたちの車は通りの選択を間違えて、何マイルもゴミトラックについて走ることとなる。一方通行の道だ。しかも一車線。でも彼は一度としてため息もつかないし文句も言わない。彼はそんなことはせずにジャズをかける。これを聴いててごらん、と彼は言う。でもわたしの耳に聞こえてくるのは、トラックが走っては停まり、ゴミを持ち上げては投げ込み、金属製のゴミバケツがガチャガチャいう音だけ。あんまりイライラするので、一曲終わったところでわたしは身を乗り出して、彼にかわってクラクションを鳴らす。それから窓越しにトラックに向かって、悪いけど、いいかげんにしてくれない？　と怒鳴る。

博士課程のアドバイザーがわたしの席にやってきて腰をおろし、両手を組んで訊ねる。五年後にはあなたのプロジェクトはどうなっていると思いますか？

五年後？　わたしは信じられない思いで問い返す。そのころには卒業していて、実社会で仕事していられるといいですけど。

なるほど、と相手は言う。ならばそろそろ新しいプロジェクトを始めてはどうですか、もっとあなたの能力に見合ったものを。

自分で考えるように言われる。

彼の頭に何か投げつけてやりたいという思いが頭から離れない。彼の言うこと次第で、パソコンか机を。

　わたしは候補になりそうなプロジェクトをざっと幾つか考えてみる。たとえば錬金術。今日それを達成できれば、明日には卒業できる。

　研究室のある男は、女は科学に向いていないと固く信じている。じっさいに科学をやるための度胸《ボールズ》が女には欠けている、と彼は言っている。

　それは間違いではない。女には確かに金玉《ボールズ》はない。

だけど、大学院に入ったころに聞かされていたら、彼を殴っていたことだろう。入ったころのわたしは、化学では自分がいちばんだと思っている。高校では、化学で全国的な賞をもらった。オリエンテーションで、はい、あれはわたしです、と気取って言ってみるものの、ほかのみんなもどこかの時点でそういう賞をもらっていて、そのうえわたしには縁のなかった賞まで貰っていると気づくだけだ。

　研究室のその男はまだいる。わたしの同僚といっしょに作業している。すべてうまくいけば、ふたりは来年また論文を出し、そして卒業する。

　女には科学をやるだけのボールズが欠けている、と彼はまだ言っている。君の同僚は例外だけどね。彼女は三つ持ってる。

　そのあと、わたしはエリックに訊ねる。わたしにはボールズがいくつあると思う？

タイミングが悪い。わたしたちはちょうどベッドに入って、キスしはじめたところだ。ええっと、ひとつもないいんじゃない？　と彼は答え、キスは終わる。三つ半、みたいなことを言ってくれるかと期待してたのに。

中国の格言：空の外側には空があり、人々の外側には人々がいる。無限ということについて、そしてまた常に自分よりも優れた人間がいるものだということについて言っている諺だ。

エリックはこの格言にインド哲学のある話を思い出すという。三百年まえ、世界は平らな皿状で、ゾウの上にのっており、そのゾウはカメの上にのっていると信じられていた。そのカメの下はまたべつのカメで、そのカメの下にはまたべつのカメがいる。下までずっとカメなのだ。

かけられるときはいつも、親友に電話する。彼女はマンハッタンで医者をしている。彼女の夫はビジネスマンだ。夫婦二人で金を稼ぎ、家政婦を雇い、ミッドタウンの分譲アパートの地上十二階に住んでいる。

わたしのほかの友人たちとくらべると、この二人の結婚生活がいちばん長い。学部を出てすぐ結婚して、キャリアを積みながらもそのまま継続している。

当時、二人はこうするのがいちばんだと計算する、医大在学中や研修医の身分では結婚の計画をたてる時間などないだろうと彼女は思ったのだ。それに、研修医暮らしでこのスタイルが台無しになるかもしれないでしょ、と彼女は結婚式当日、わたしが彼女の着付けを手伝っていた部屋で、ぺちゃんこのお腹に手を当ててそう言う。

彼女は美しい花嫁だ。研修医生活では何も台無しになどならない。

あの子とは小三のときからの付き合いだ。ミシガン州の隣り合った町で育ち、家族ぐるみの付合いのなかで知り合った。最初はそれほどよく知らなかったのだけど、そのうちこんなことがわかった――二年生のころには、彼女はゴム糊に興味を持っていた。両手につけては舐めるのが好きだった。

今では彼女は患者に、詰まった動脈によくないからトランス脂肪酸を摂取しないようにと注意し、よく考えて薬を処方する。検査をさせてよ、電話するたびに彼女は言い、わたしはきっぱり断らないではいられない。彼女の腕を信じていないからではなく、彼女がゴム糊を食べるのを見ているからだ。

あれはずっと昔のことでしょ、と彼女は言う。

そうね、だけど長期的にどんな影響があるかわからないじゃない。誰もそんなこと研究してないんだもの。

あなたの化学はどうなってるの？　今日、彼女はそう訊ねる。どうしてうまくいかないの？あれだけの時間をかけてるのに、どうしてなんの成果もあげられないのよ？

わたしはレゴになぞらえて説明する。わたしのやっている化学では、たくさんのレゴをいっしょにしてべつのレゴを生じさせる。レゴは分子なのだけど、実際のレゴと違って、目で見たり触れたりすることはできない。

大学四年のときに、わたしは有機合成化学の道へ進もうと決める。その技術に魅了される。この種の化学の目的はすでに自然界に存在する分子を作り上げることなのだけど、それを自然よりうまく作るのだ、見事な鍵段階を含む最小限の段階を踏んで。テクニックがすべてだ。収率がすべてだ。わたしは何か月も、同じ化学反応を何度も繰り返している。二十四段階合成の七段階目、収率を五〇パーセントから六五パーセントにあげるという目的のためだけに。なんであれ六〇パーセント以下だとアドバイザーが受け入れてくれないからだ。そのあと何か月も、今度は八段階目。そして何年にもわたって、アドバイザーは訊ねている。例の分子はできたのかね？　いいえ、まだ捕まりません、とわたしは答える。

そのうちに、もう自分が魅了されてはいないことに気がつく。

自分の仕事のことを親友に話すのは必ずしも楽しいとはかぎらない。

彼女はときどきこんなことを言いはじめる。あのさ、わたしが有機化学の研究室にいたときには、うまくいったと思うんだけど。レゴにはマニュアルついてるんじゃないの？

そして、この言葉にわたしはちょっとむっとする。

論文を書き上げたら、博士号をもらえるのよ。

あなたの有機化学研究室は授業のでしょ。パートナーがいてさ。あなたがやれと言われた実験はうまくいくのがあたりまえ。何か新しいものを発見しようとしてたわけじゃないじゃない。

わかった、わかった、と彼女は答える。

とつぜん彼女は、何かほかに書いているものはないのかと訊ねる。

たとえばどんな？

さあ。あなた昔、書いてたんじゃなかったっけ？

あれはうんとまえでしょ、とわたしは答える。

大学で、わたしは創作の授業をいくつかとり、一学期のあいだ、あまりに歴然と非現実的でさえなければ、作家になるのに、と考えていた。

理想的な世界：わたしが書く一語ごとに空から膝の上へ金が降ってくる。一ドル均一。うんと気が利いているなら二十ドル。


わたしはひとりっ子、エリックもそうだ。このせいで関係が壊れるというわけではないけど、わたしたちの将来に不安を感じるのは確かだ。

考えてみて。ひとりっ子同士が結婚して、いっしょに暮らす、そしてあるとき、わたしたちの親が病気になる。考えてみてよ、病気になった親たちのところへ飛んでいくわたしたちを。マーフィーの法則に従って同時に病気になったら合計四人、そしてこっちは二人だけ。考えてもみて、もしわたしたちに何人か子供ができたら、いったいどれだけの面倒をみなくちゃならなくなるか。そうなったら、犬の散歩は誰がする？

もしこの犬がほったらかされて死んだら、わたしは絶対に自分を許せないだろう。

エリックは自分がひとりっ子であることに複雑な感情を抱いている。

これは彼が愛情の深すぎる家族を持っているせいだ。お母さんは幼稚園から六年生まで、彼のランチボックスに手書きのメモを入れていた。**あなたはママの太陽と星よ、**みたいなことを書いていた。

すてきじゃない、とわたしは言って、でもそれから、言葉の意味をさらに考える。

あなたは同時にふたつのものになることはできない：波動と粒子の両方である光じゃないんだから。生きていて同時に死んでるシュレディンガーの猫じゃないんだから。

このメモを裏返すとスパイダーマンのシールがあるから、手に貼るか、もうシールだらけのランチボックスに貼るかしてね。

六年の時、エリックはついにこんな母親に返事を書いた。**メモを書いたりシールをくれたりするのはお願いですからやめてください。おかげでみんなの前で恥ずかしい思いをしてます。**

彼の博士論文審査会で、わたしは彼の家族全員に会う。お母さん、お父さん、おばさんたちやおじさんたち、両方のおじいちゃんおばあちゃん。家族は後ろの列に座って、彼が終えると立ち上がる。何もわからないのに熱っぽく喝采を送りながら。

お祝いの食事の席で、家族はつぎつぎと彼に質問する。

一族でいちばんの成功者になるのはどんな気分？　一族でいちばん賢い人間でいるのはどんな感じ？

みんな冗談を言ってるの？　いや、みんな心底そう思ってる。才気煥発という言葉に、わたしは食べるのをやめる。

彼の一族は全員があの絵のような町に住んでいるわけではないけど、みんな近くで暮らしている。ある週はピクニック。べつの週は家族でバーベキュー。彼が町を出たほんとうの理由はこれなんじゃないかとわたしは思う。あれだけ注目されると息が詰まることがある、彼は今ではそう言う。では、博士号を取得すべく初めて都会へ出てきた彼は、どんな思いをするのだろう？　孤独？　ショック？　いや、彼はとてつもなく楽しい。彼はとてもうまくやっている。

そんな話、わたしにはちょっと信じられない。だからこんなふうに訊ねるのかも。両親から言われたいちばんひどいことって何？　あなたが目にした両親の行為でいちばんひどかったのは？　彼はたじろぐ。長いあいだ考え込む。結局何も思いつかない彼に、わたしは言う。親を最悪だと思う瞬間がきっとあったはずよ。すると彼は、べつに競争じゃないんだから、という顔をする。お互いどんな育ち方をしたかなんて、議論するようなことじゃないよ、というような。

で、わたしは口をつぐむ。


不安や危険行動といったことをどう予測する？　恩知らずな性格なんてことをどう予測する？ヒトゲノムはすべてマッピングされているけど、その大部分が何を語っているのかはわかっていない。それに問題はほかにもある——心臓疾患、癌、視力不良。

映画『ガタカ』を観て、なんて完璧な社会なのだろうとわたしは思う。自分の子供を組み立てるとは、なんて素晴らしい発想なのだろう。

ＤＮＡが解離《アンジップ》し、複製と減数分裂を経て卵子と精子といったものが作られ、それが結合して赤ん坊といったものとなる。

このアンジップというやつにわたしはそそられる。女性のドレスのジッパーをおろすみたいな感じがして。


アリゾナで、博士課程アドバイザーが死ぬ。当局は彼を撃った院生が悪いと言うが、そのアドバイザーが悪いと世界中の院生が言う。アドバイザーに承認してもらわなければ院生は卒業できない。撃たれたアドバイザーはその院生を十七年間も研究室に留め置いていた。あまりに貴重な人材だから手放すことなどできないと思ったものか、あるいは単にまともな頭じゃなくなっていたのか。十七年も耐えたなんて、その院生に拍手を送りたいくらいだ。わたしなら、十年で撃ってる。

わたしのアドバイザーはそれよりも道理をわきまえていて、だからまだ生きている。彼の部屋のドアはいつも開いている。わたしの机にしょっちゅうやってきては、成果を訊ね、なんの成果もあげていないと、調子が悪いのかと訊く。

だいじょうぶです、とわたしは答える。

君の同僚は着実にやっているよ、と彼は言う。彼女は週末と祝日も出てくる。君も同じようにしているの？

そういうわけでもないです。クリスマスと感謝祭には来ません。インフルエンザで寝込んだときも。

わたしのアドバイザーは、けっして面と向かってかぶりを振るようなことはしない、でも笑ってはくれない。

錬金術がうまくいかなければ、海という海から塩分を取り除いて人々に真水を供給するのをやってみます。


中国の伝統文化では、花嫁は結婚するとき赤い衣装をまとう。その衣装は旗袍《チイパオ》と呼ばれている。とてもスリムで、キャップスリーブに高い襟、襟の中央のボタンは鎖骨のあいだの谷間に位置している。

去年の夏のこと、「試着無料」と書いてあるチイパオの店を通りかかる。わたしはチャイナタウンでケーキを買おうとしているところ。エリックの誕生日で、スポンジケーキはほかで買うわけにはいかない。そのチイパオの店に気づいたのは初めてだ。入ってみたほうがいいかな? ためらうものの、入口にいる仕立師は説得力まんまん。チイパオはどれも特価になってます、すべて五十ドル以下です。シルクですよ。手縫いです。試着だけでもしてみれば。五分しかかかりません。こんなの一言だって信じない。ところが彼女は、お客さん、離れたところからだととてもほっそりして見えますすね、と付け加える。

チイパオは太っている人には向きません、と女性はきっぱり言う。太ってるなら、Aラインを着なくては。

でも試着してみると、わたしには合わないのがわかる。肩がチイパオ向きではないのだ。肩幅が広すぎますね、と彼女は言う。それに下がってないし。彼女は両手でぐいぐい肩を押し下げようとする。

この女性から、チイパオは純然たる中国のものというわけではないということを教わる。わたしもその一員である、中国における多数派の漢民族のものではないのだ。実際には、馬に乗って広大な北の高原を駆けまわりながら卓越した騎射の腕を見せることで知られる、北部の満州民族のものだった。

この女性から、チイパオは婚礼衣装でさえないことを教わる。ただ単に伝統的な衣装というだけで、どんなときに着てもいいのだ。

とはいっても、母や祖母が着ていた記憶はない。たちまち、あることを悟る。チイパオは美しいけれど、着ると歩きにくい。生地に束縛されて両脚が結わえ付けられたようになり、腿のなかほどまでスリットが開いている。

結局、ドレスはともかくも購入する。赤い服を着た自分など見られたものではないので、濃いワインレッドにする。とはいっても、それを何回着たかなんて訊かないでもらいたい。

ほら見てごらん、あんたの肌には赤はぜんぜん似合わないから、母は自分の白い腕をわたしの腕に押し当てて言う。母はこれをよくやる、わたしが十代のときにはとりわけ。

あんたの肌は父さんの肌だね、浅黒くって。田舎で土にまみれて暮らすのにぴったり。

母は上海の、外灘《バンド》を見晴らすテラスのあるアパート育ちだ。一九七〇年代半ば、十三歳の母は、このテラスから大きな刺し子の帆を立てた船が黄浦江を通るのを眺める。浦東《プードン》の街の輪郭は二十年後とはぜんぜん違う。東方明珠電視塔《オリエンタルパールタワー》が建つのは一九九四年になってからだ。道路には車やバスの姿はほとんどなく、無数の自転車が走っている。ふたりきょうだいの下である母は、学校へ行ったり学んだりするのが必ずしも好きというわけではないけれど、兄に挑まれたことはなんでもやってのける。いちばんいい服を着てこの塀をよじ登ってみろ、とか、食器をぜんぶピラミッド型に積み上げてみろ、とか。母は塀をよじ登って服を台無しにする。食器を積み上げて、ひとつ残らず割ってしまう。でもめったに罰せられることはない。母は目の大きな美しい少女で、誰からもそう言われる。

父は上海から何百キロも西の育ちだ。建物はどれも一階建て。自転車は一台もない。農村地帯で、父は七人きょうだいのいちばん上だ。父親は農夫で祖父も同じ。小麦やモロコシやトウモロコシを栽培して大きな町で売る。でも家では食料が不足していて、厳格な割り当てがある。なんであれ、どの子もお代わりはできない。どの子も、服は一時に二組だけ。一家が暮らす家は狭くて、とても狭くて、父はほかの六人のきょうだい全員とひと部屋で寝起きしている。ガラス窓とか木のドアは高価なので、家にはどちらもない。入口の開口部は薄い布で覆われている。窓にあたる開口部は覆いなし。夜明けや夕暮れ、父は勉強している。畑に出ていなくてもかまわないときはいつでも、勉強している。

ふたりはどうやって出会うのだろう？　恋に落ちるのだろう？　いい質問だ。話はころころ変わる。共通の友人を通して知り合う。偶然に出会う、駅で、バス停で、いや、橋の上で。でも、どちらもこの出会いの正確な日付を覚えてはいない。

それからふたりは結婚する。それからふたりは、わたしを授かる。

父の場合は典型的な移民物語だ。

父は一族で初めて高校へ行き、大学へ行き、大学院へ行き、そしてアメリカへ行く。父は一族で初めてエンジニアになる。

今の自分がどうやってここまで来たか父が話すと、すばらしいですね、と言う人がいる。懸命な努力と、高等数学を学んだおかげです、と父は話す。

すごいですね、と言われる。

だけど、父が一世代で成し遂げた前進があまりにすごいので、父を超えて前進するには、わたしはアメリカを離れて月に移民しなくちゃいけないんじゃないか、と思ってしまう。


遺伝学はさておき、子持ちの自分なんて考えられない。

ひとりも？　とエリックが訊ねる。

ひとりできたら、ふたり欲しくなる。そしてふたりできたら、ひとりもいなければいいのにと思うだろう。

活動している物体は活動したままでいる、停止している物体は停止したままでいる。

エリックは、今日はどこにいる?

活動している。彼は応募先のリストを作る。彼は応募する。

彼の願書の第一稿の、教えることが大好きだと綴った最初の一文を見るなり、わたしは「大好き」という言葉を、鉛筆でさっと横線を引いて消す。

そのあと、どうしてそんなことをしたのか、彼に説明すらできない。

来ると言われていたハリケーンはぜんぜん来ない。すでに窓に板を打ち付けていた親友は、今やがっかりしている。医者が気象予報士と同じくらいしょっちゅう間違っていたら、わたしたちは全員クビよ、と彼女は言う。考えてもみてよ、もしわたしがあなたに九〇パーセントの確率で糖尿病になるって言っておいてぜんぜんそうならなかったとしたら。あなた、腹を立てるんじゃない?

たぶんわたしはむしろほっとするだろう。で、わたしは彼女に、雨と糖尿病は同じってわけじゃないということを思い出させる。

ハリケーンの代わりに、秋が早めにやってくる。初めての寒い日、わたしは外を歩いて、自分の呼気を見て息をのむ。

中国の諺によると、飛び切りの力量の男には飛び切りの美女があたる。

古代の中国には、四人の美女がいる。

一人目はあまりに美しいので、水面に映ったその姿を見た魚は泳ぎ方を忘れて沈んでしまう。

二人目はあまりに美しいので、鳥が飛び方を忘れて落っこちる。

三人目はあまりに美しいので、月が輝くのを拒む。

四人目はあまりに美しいので、花が咲くのを拒む。

美しさが周囲の気分を害するものとして示されることが多いのが、わたしには面白い。

この諺は、両親の結婚式の際に、繰り返し口にされる。


二十代を通じて、母はやたらと称賛される。通りで呼び止められては、映画の女優さんに似てますね、と言われる。その女優というのは『ローマの休日』のオードリー・ヘプバーンだ。

母はこの映画が好きだ。あの彫刻の口に手を入れるシーン――あれは、母が兄からやってみろと言われそうなことだ。

たいていの人は、美しさというのは顔ではなく、心とか魂とか精神とかにあるものだと思っている――人間の目が見通せない場所に美しさは潜んでいるのだと。

たいていの人が、わたしは母にはぜんぜん似ていなくて、どこもかしこも父に似ていると言う。エリックはそう言わない。わたしが嫌な気持ちになるのを知っているからだ。君の家族は三人とも髪の色以外はぜんぜん違う、と彼は言う。

黒っていうのは色の欠如よ、とわたしは返事する。

わたしがいちばん自慢に思っているのは自分の眉毛だ。ちょうどいいアーチを描いていて、抜く必要はない。それに眉毛だけは、母に指されてそれをなんとかしなさいと言われたことがない。

将来望ましい姿に欠けている部分を、母は後知恵で補う。

あんたの鼻、もうちょっと高ければねえ。あんたのおでこ、もうちょっと広ければねえ。あんたの口、への字じゃなく、もうちょっと口角が上を向いてればねえ。

美しさの遺伝子を見つけて瓶詰にしておけたらいいのに。

わたしの口角は生まれつき垂れ下がっている。自分ではどうしようもない。でも直そうとはしている。すくなくともわたしのエネルギーの一〇パーセントは口を一直線に引き結んでおくことに費やされていると言えるのではないか。

ドクター・フーのセリフ：直線は二つの点のあいだの最短距離かもしれないが、けっしていちばん面白いわけではない。

アーノルド植物園では、秋になると、たくさんの人が木々を眺めているのが目に入る。犬が悪い子になって、ジョギングしている人たちの群れといっしょに気持ちよく走っていこうと引き綱を噛んでいるのが目に入る。

するとエリックは引き綱を引っ張って、テレビでカリスマ・ドッグトレーナーがやっていたのを真似して舌打ちする。だけど、もっとそっとやらなくちゃ、とわたしは注意する。それじゃ、ただ舌で大きな音をたててるだけじゃない。

目に入る犬の行動には、まったく変化はない。

エリックはわたしたちのことについて話をしている、ここしばらくのあいだずっと。

君は何が怖いの？　と彼は訊ねる。

いろんなこと。いちばんの悪夢は、落っこちるの。椅子に座って体を後ろに傾けてると、急にどんどん後ろへいっちゃうんだけど、床がないの。落ちていくのって、誰かに心臓を摑まれてドリブルされてるみたいな気分。

ジェットコースターなんてぜんぜん楽しくない。

それにクモも。

数か月まえのこと、わたしたちの寝室の天井でクモの卵嚢が孵化する。わたしが見上げると、天井で脚が八本ある透明の小さな点々がうごめいている。すると、点々は散らばる。わたしたちは起きだして、何時間もかかってトイレットペーパーでそれを殺す。彼はつま先立ちになって。わたしは椅子の上で。わたしたちは無数のクモの子を殺す。あらゆる表面という表面に殺虫剤を吹きかけ、それからソファで眠る。

いや、そうじゃなくて、何をそんなに怖がってるんだ？　と彼はまた訊く。

わたしは真っ赤な葉っぱを一枚むしって彼の髪にくっつける。彼は背が高い。一八六。そしてすらっとしている。鉄が酸化すると錆が生じる。でもエリックは自分の髪を錆色《オーバーン》とか、赤毛と呼ばれてさえ嫌がる。とび色と言いたがる。彼が最初にとび色と言ったとき、わたしは聞き間違えて、秋《オータム》と言っているのだと思った。

わたしが何をそんなに怖がってるかって？　言わなきゃいけない？　ほかの人ならともかく、あなたならわかってるはずでしょ。あなたに話すのは、そのことがいちばん多いんだから。

彼の言い分は、あの二人はわたしたちじゃないし、わたしたちはあの二人じゃないし、あの二人の結婚は数あるうちのひとつにすぎない、というものだ。

だけど、遺伝学からすると、わたしがあの二人の両方に似る可能性は非常に高い。そしてそれは良くない知らせだ。

ジョギングしている人がさっと横をすり抜ける。エリックの髪から葉っぱが落ちると、犬がそれを食べる。

まえは面白いと思ってたんだけどな、とエリックが言う。

何が面白いの？

僕たちがこうやって遠回しに堂々巡りの議論をすること。

そんなの面白いわけないでしょ。

確かに。

わたしの学部のある教授は、もう院生を担当させてもらえない。彼の指導のもとで、何人もの院生が自殺したのだ。彼の作業要求は並外れて高い。彼はこういうことをする――学生に忙しいかと訊ね、相手がおそるおそるはいと答えるのを待つ。それから、一日十四時間のあいだ、なにをやっていてそんなに忙しいのか詳しく説明するよう求める。

学生は列挙しはじめる。

と同時に、汗をかきはじめる。

トイレ休憩は勘定に入れない。食事は入れない。十四時間すべての説明ができなければ、その学生は忙しくないと教授は判断し、作業量を増やす。

最後の学生には、同じアパートで暮らす二人のルームメートがいる。彼は二人を気遣う。死の床となるベッドに、彼は記す。「危険。シアン化カリウム。どうか蘇生させないでください」

これはもう何年もまえのことだ。わたしがこの学部に入るまえ。

いったいどうしてこんなことが相変わらず起こっているのだろう？

わたしの推測。自分の作業に没頭しすぎる。実験を個人的に受けとめるようになってくる。すべての実験の九〇パーセントは失敗する。これは事実だ。どの科学者もそれを証明してきた。ところがしまいに、この高い失敗率もまた自分のせいではないかと考えはじめる。化学薬品のせいであるはずがない、と思う。薬品には魂はないんだから。

「終身在職権」という言葉には、研究室全体がよい仕事をすれば、くだんの教授のようによい仕事をして、ノーベル賞を受賞すれば、何かを見逃してもらえたりするという意味がある。でも、シアン化カリウム学生のあと、学校は幾つかの変革を行う。誰かに話を聞いてもらう必要性に迫られている学生のためにホットラインが設けられる。

とにかく電話してください、話をききますから、という電子メールが発信される。

だけどあのホットラインはいつも話し中、と抑圧されている仲間たちは言う。

そうなの？

試しにかけてみると、通話中のトーンが聞こえるだけ。

母には髪についての持論がある。髪が長くなればなるほど、その人はバカになるというものだ。髪が多すぎると頭から栄養を吸い取り、空っぽにしてしまう、と母は警告する。

そんなわけで、母はいつも髪を男の子みたいに短くしている。

そんなわけで、わたしはいつも枝毛を取り憑かれたように切っている。

またも現実的なプロジェクトはひとつもなしで一日過ごしたあと、わたしは研究室を出てサロンへ向かう。鋏を手にした男に、ただちに十五センチ切ってくれと頼む。

『ローマの休日』にこんなシーンがある。床屋が、カット、カットと言いながら王女の長い髪をカットする。それから言う。「ほら、素敵でしょ？」

十五センチじゃじゅうぶんでない気がする。あと五センチ切ってくれと頼む。

そのあと研究室に戻って、またやってみる。小さく考える、と自分に言い聞かす、実行可能なことを考える、誰も感心してくれないかもしれないけど、それでも卒業して仕事を見つけられるようなことを考える。

天井の明かりを見上げる、眩しいので床に目を向ける、するとそこは汚いので、一枚の紙を折りたためないところまでせっせと折りたたみ、それからまたべつの紙を折りたたむ。

化学に無条件で惚れこまなくてはならない。

でも、わたしの頭にあるのは、この任務を遂行したくないという思いだけ。

髪に関するべつの持論。わたしの母のではなく、親友の考えだ。髪をばっさり大幅に切った女は、なんらかの決断をしようとしている。

二十センチって大幅？

ついに、実験用白衣が破れる。わたしはそれをきちんと引き出しにしまう。それから五個のビーカーを床にたたきつける。

わたしは叫ぶ。ビーカーなんて安いんだから、と、研究室の全員が集まって見つめる前で。

わたしは叫ぶ。もしほんとに意思表明するつもりなら、アルゴンガスの保管ケースを開けて空気にさらしてる。


なぜクジラは群れをなして浜へのりあげるのかということについて、巷間に流布する仮説がある。最初のクジラが座礁すると、遭難声を発する、するとほかのクジラも仲間意識からいっしょに浜へのりあげる。

科学の世界にもある程度仲間意識はあるけれど、仕事仲間が錯乱しているように思われるときは違う。

そんなときは、触れたり話しかけたりせず、安全管理者を呼び、管理者が消火器と毛布を持って廊下を駆けてくるのを眺めているのがいちばんだ。

音が宇宙空間を伝わることはない。

音には媒体が必要だ、小さな分子が振動することが。

もしもわたしが空気の薄い山上から叫んでいたら、わたしの声が聞こえた人はもっと少なかっただろう。

わたしは、自分が叫んでいたとは思っていなかった。

わたしの認識では、わたしはささやいていた。


家で、わたしは洗濯や皿洗いといった日常の家事をやり、じつにうまくいくことに驚く。スポンジに洗剤をつけると、スポンジは泡だつ。皿をスポンジで拭うと、皿はきれいになる。触媒よりスポンジのほうがいい、とわたしは考える。

帰宅したエリックに、成り行きを説明する必要はない。彼はわたしの緊急連絡先だ。研究室の事務員がとうに彼に電話している。

思いやり深くも、彼は何も訊ねない。いちばんに目につくことについてさえ。髪の毛、切った？

彼は代わりにオートミールを作ってくれる。

わたしって、お子ちゃま？　とわたしは訊ねる。

そんなことないよ、彼はオートミールをスプーンですくって食べさせてくれながら答える。

研究室で最初に会ったときのこと。君の手つきはものすごく安定しているね、と彼は言う。わたしが作業するのを見つめていたのだ。

変なふうにじゃなく、と彼は付け加える。それからそわそわあたりを見まわす。そしてむこうへ行ってしまう。

彼はわたしが科学雑誌ではなく図書館から借りた本を読んでいるのに気づき、親指を立ててみせる。彼もまえには本を読んでいた。大学院に入るまで読んでいて、そしてやめた。どこにそんな時間がある？　と彼は言う。

彼の愛読書：『闇の奥』、『異邦人』、『審判』。わたしの愛読書：彼の愛読書は一冊も含まれない。

彼、ハンサムなの？　親友がすぐさま訊ねる。

まあまあ。それから研究室の彼の写真を送ると、彼女から返信がくる。きゃあ、彼、ハンサムじゃない。この瞳ったら――ライトブルー――そして彼女はその瞳を情熱的と呼ぶ。

たちまちわたしたちは隣接するフューム・フードでいっしょに作業するようになる。これは有毒なガスを大気中に排出する化学実験作業スペースの呼び名だ。

君の分液漏斗を貸してもらえる？　君の加熱板を？　君の油浴を？　君のその小さいマグネチックスターラーを貸してもらえるかな、それとも君の大きなマグネチックスターラーを、それとも君のペーパークリップを、それとも君の……？

借りるものが尽きると、彼はわたしをランチに誘う。

37　Chemistry

一九八六年、父は上海に移る。なおも無数の自転車が走り、無数の自転車のベルが鳴り響いている。おそろしく騒々しい、と父は思う。一年後、父は母と出会う。二年後、わたしが生まれる。布おむつを替えては洗うのにうんざりした母は、九か月のわたしにトイレの使い方を教える。そんなのありえない、とわたしは皆から言われる。そもそも、どうやってトイレまで行ったのよ？　母によると、わたしが片手をあげると、母が抱いていったそうだ。

でも、父にはわたしたちにかかずらわっている時間はない。父には海外へ行くという夢がある。工学の博士課程に入るために、父は見つけられるかぎりのアメリカの大学に片端から手紙を書く。その分野のあらゆる教授に手紙を書く。三年間書き続ける。

父の英語はひどいものだ。お願いします、と、どぞよろしく。そして言葉で表せないところは、方程式を使う。

ついに、ある教授が言ってくれる。私のもとへ来て勉強しなさい。

わたしが五歳のとき、一家で中国を出てアメリカへ引っ越す。

最初は、母がすべてを支払う。母はデトロイトが好きじゃない。汚らしい、荒廃したモーターシティだ。いちばん近い食料品店まで四百メートル、それを車で行かなくちゃならない？　母には考えられない。それに母は運転方法を知らない。母は覚える。しかしそれでも上海とは比べものにならない。中国時代、母はまだ研究助手である父よりも稼ぎがいい。母は薬剤師で、母の母は建築家、母の父は物理学者。母は貯金と実家の財産の分け前で、父の学費と一家の飛行機代、最初の一年間の食費と家賃を賄う。

　わたしなしではあなたはここまでこれなかったのよ、と父に向って言うときに母が引き合いに出すのがこれだ。わたしがどれだけの犠牲を払ったか、みてよ。友達や家族の近くで暮らすことをあきらめた。自分のキャリアをあきらめた。なんのために？

　このことのためだ：父は三年という記録的な速さで博士号を取得し、そして給料のいい仕事に就く。

　アドバイザーは父にこう言う：君は十二人の正規の院生がやるのと同じ作業量をこなす。君みたいな学生があと十二人いたらなあ。

　でもこのために、わたしは父の顔を見ることはあまりない。母と顔を合わせるほうが多い。母はよく寝室にこもって、片手で電話のコードを握って中国に電話をかけている。

　中国は十二時間早いのよ、と母はわたしに教える。中国はいつも未来にいる。

　父が帰ってくると、両親はキッチンで喧嘩する。

　もうたくさんだ、母が昔のことを持ち出すといつも父は言う。テーブルをひっくり返すまえに、俺だって自分がやってることすべてが過小評価されてるように感じてるんだ、と父は言う。

　俺はちゃんとやってきた、そうだろ？　仕事を見つけた。そして父は母に思い出させる。おまえにはこんなことできなかっただろうし、仕事さえしてないのに、おまえにあれこれいう権利なんかあるのか？

　テーブルがひっくり返る。がらがらがっちゃん。しーん。

アメリカで薬剤師になるには、母は学校に戻っていろんな試験を受けなおさなければならない。そういった試験に合格するのは母には大変だ。ひとつには、何もかもが英語で書いてあるし。テーブルのことはほうっておくほうが楽だ。ただ立ち上がって脚にくっついた残骸をぬぐう。それから、ちょうど部屋を出ていこうとしていたのだというふりをする、母がしているように。ところが、完全に部屋を出てしまうまえに、さっとふりむいて最後の一言を放つ。どうでもいいような口調であればあるほどいい。

この家のものを片っ端から壊せば、と母は言う。どうぞご勝手に。

家でわたしは、犬に話しかけるといった、よりありふれた務めを果たす。わたしは言う。「ツケ」と、博士の威厳をもって。犬は足元に寄り添い、見返りは何も求めない。なんでなにも欲しがらないの？　とわたしは訊ねる。なにか欲しいでしょうに。ご褒美は、ボールは、と犬に差し出してみると、犬はただ鼻を押しつけたがる。わたしたちは鼻を押しつけあう、わたしの乾いた鼻に犬の湿った鼻が。そしてちょっとの間、五つのビーカーが床で割れる音を忘れる。

一日に七回、わたしは犬を散歩させる。もはや、公園に着くと犬はただ木陰へ行って横になるまでになっている。呼んでも、来ようとしない。この公園で目に入ったチラシには、新米の親向けの無料相談があると書かれている。人間の子供の親が対象だ。ペギーという女性の言葉が引用されている：お子さんに対するあなたの話し方がお子さんの内なる声となるのです。

ペギーって誰？　ほかの犬の飼い主たちに訊いてみる。で、彼女、あんな主張の裏付けとなる博士号は持ってるの？

　ほかのチラシも貼ってある。一枚は、数学か科学の指導員を募集するものだ。「高給」と書いてある。「銭《ドウ》、銭《ドウ》、そしてさらに銭《アンド・モア・ドウ》（ピザの宣伝文句とかけている）」

　わたしはそのチラシを持って帰る。ドウがあればありがたい。欲しいものを買うために。

　たとえばピザとか。


　苦しんでいるのが外からわかる人もいる。たとえばうちの犬は、わたしたちが家に犬だけを、たとえ一分間でも残していくと、痛々しい鳴き声をあげる。身も世もなくなった犬はクローゼットへ行って、わたしたちが一分後に帰ってくるまで、縮こまって隠れる。

　いったいどんな気分だろう？　クローゼットは。そこでわたしは入りこんで、両腕で膝を抱える。予想どおりの気分だ――エピファニーはなく、洋服がぎっしり。

　研究室での最初の年、卒業していく人が言う。博士課程ではね、なんであれとにかく終えなくてはならないという時期がやってくる。できないと、みんなから違う目で見られる。

　わたしはそれが起こるのを待つ。

　でも、ぜったいわたしのことを見ないバスの運転手は――乗るときも、降りるときも、手を振りながら、おーい、もしもし、と呼びかけても――やっぱりおんなじだ。

足元が陥没する、あるいはすくなくともそこそこの大きさの亀裂ができると想像してみたことがあるけれど、地面は相変わらず地面だ。

やることがなくなると、洗ったばかりの洗濯物をもう一度突っ込む。

一週間後、わたしはチラシにのっている番号に電話する。

時給ですが、はじめはまずこのくらいでどうでしょう？　と女の人が訊ねる、でも実際の数字は聞き取れない。

一時間でピザ三枚でしたっけ？

わたしはこの学生たちと公共図書館で会う。わたしは学生ひとりにつき一時間、なんであれ彼らが学びにきたものを教える。彼らはまえもって依頼書に記入している。

一年の一般化学。

二年の有機化学。

電気学……それに磁気学……それに電気回路。

わたしはたいてい、依頼書を見て言う。これは一時間じゃ無理ね。だけど、もしかして、来週もまた来られるなら、そのつぎの週も、そのまたつぎの週も来られるなら。

彼らはほとんどが大学生だ。でもわたしには、彼らはまだとても若く思える。彼らのひとりがフロッピーディスクなんて聞いたことがないというので、わたしは、えー、と叫ぶ。

それってどこがそんなにぐにゃぐにゃ《フロッピー》だったんですか？　と彼女は訊ね、あの時代にいなきゃわかんないわね、とわたしは答える。

通常、わたしは彼らになんでも訊いてくれと言う。いつも知りたかったことを訊いてちょうだい。

不可視性を獲得するのはどのくらい大変ですか？

真面目に訊いてるの？

真面目に。

ものすごく大変よ。まず、臓器が透明でなくちゃね。つぎに、空気と同じ屈折率でなくてはね、つまり、光には、あなたが存在していることを知らないまま、空気を通過するのと同じようにまっすぐに、屈折しないで通り抜けてもらわないと。たとえば、ガラスは透明だけど、それでも光は通過する際に屈折する、だからガラスは不可視ではないの、たまたまガラスがそこにあるのに気がつかなくて出て行こうとしてぶつかるってことはあるけど。

学生たちがなにを学びたいと希望しているかにかかわらず、わたしはどの学生にも、とにかくこれを書き留めておいてくれと話す：光にはぜんぶで五つの性質がある。光はひとつのものではない、光とはスペクトルである。

光は非常に多面的であると同時に、じつに、じつにクールだ、と付け加えると、彼らはこれも書き記す。

屈折のせいで、わたしは不可視ではない。これはまた、魚のような水中のものが思ったより遠く、大きく見える理由でもある。水から引き上げたとたん、同じ魚にひどくがっかりすることになる。

魚の諺の数々‥

小さな池のなかの大きな魚。

大きな池のなかの小さな魚。

魚を探すなら、木に登ってはいけない。

魚を探すなら、家に帰って網を編め。

魚釣りに出かけてます（網を持って）。またね。


アメリカに着くと、母はわたしに中国のことを教えはじめる。わたしが忘れてしまうだろうと思ってのことだ。母はわたしに、四大美人のこと、四大発明のこと、四大小説のことを教える。母はわたしに、中国の初代皇帝は誰で、何年間統治したかと訊ねる。

王朝を、挙げてみて。

秦、漢、隋、唐、宋、元、明、清。

君の記憶力って、なんかびっくりしちゃうな、とエリックが言う。だけど、なんでキャビネットを閉めるとか電気を消すとかってことは覚えていられないの？　なんであんなにしょっちゅうボウルを電子レンジに入れておいてはスタートボタン押すのを忘れるの？

彼が今キッチンから問いかけている質問——犬にご飯食べさすの忘れたのは誰だよ？　——に、わたしは答える。犬だよ。

付き合いはじめた最初の数か月は、わたしたちのどちらも研究室でさっぱり作業がはかどらない。わたしたちはひっきりなしにいちゃいちゃする。いちばんいい物を身に着けるのよ、と親友は言う。メイクしなさい、と。でもわたしは彼女の言うことを無視する。だって、一日じゅう実験用白衣を着て安全ゴーグルをかけているのに、いちばんいい物やメイクなんて意味ないでしょ？　でも一度、細くとがったヒールの靴を履いてみる。自分のフードのところに立って化学反応の実験を行うことはできる。でも、歩けない。自分の椅子に戻って座ることができない。しまいに助けてもらおうと彼を呼ぶ。もしかしたら、手をつなぐためのただの口実だったのかもしれない。

彼が見ていないときに、小さなプレゼントを彼の机に置いておく。わたしはこれを人目につかないようにやる、というか、わたしは人目についていないと思っている。好きな食べ物は何かと彼に訊く――スパイシーなブリトー――好きな飲み物は――バーボン――それから、そういう物を置いておく。わたしは彼の実験ノートを開いて、すぐに目に入らないページに何か描く。彼はパックマンが好きなので、パックマンをたくさん描く。彼はマリオも好きだけど、マリオはあまりうまく描けない――口ひげとかが難しい――だから、またパックマンを描く。

たちまち彼は察する。わたしを探しにきた彼は、茶目っ気たっぷりに険しい顔をしてみせる。ほら、マリオはこうやって描くんだ、と彼は言う。ところが彼も口ひげで苦労して、何度も描きなおす。

わたしがビーカーを割ったとき、研究室の同僚はその場にいなかったのだけど、話を聞いたかわたしの机が空っぽなことに気づいたかしたに違いない。彼女はひと月後に電話をかけてくる。わたしが電話をとらないでいると、彼女は留守電にメッセージを残す：スカイダイビングに興味ある？　もしあるなら、いっしょに行こうよ。やってるところを知ってるの。ほぼ定期的に通ってるんだ。

あれほど悩みを忘れさせてくれるものはないよ、と彼女は言う。飛行機から飛び降りるっていうのはね。

メッセージは続く。

スカイダイビングでなければ、バンジージャンプだな。

バンジージャンプでなければ、ジップライニング。

ヘビメタは好き？　モッシュは？

しまいに、わたしは電話をとる。気持ちは嬉しいけど、そんなのどれもできそうにない。

戻ってくる？　と彼女は訊ねる。

もう行かなくちゃ。

どうかした？

信じてくれないだろうけど、うちの裏庭にクマがいるの。

そしてわたしは電話を切る。

いうまでもなく、クマなんていない。いるのは犬で、わたしたちはもう何か月も手入れしてやっていない。

研究室の同僚はいい人なんだけど、ときどき思ってしまう、彼女に会ってなかったら、こんな疑問はそうしょっちゅう湧いてこないんじゃないかって。彼女みたいな人がいるんなら、この分野にわたしは必要ないんじゃないだろうか?

父が作った格言：人生において向上を図るには、常に自分をより優れた人間と比べること、けっして劣った人間と比べてはならない。

こんなこともあるさ、わたしが一か月も研究室に行かないでいることについて、エリックはそう言う。この一か月は猶予期間だ。そしてすぐさまわたしは病気休暇扱いとなり、精神科を受診させられる。


わたしは酒屋でジンをひと瓶手に入れ、テーブルに置いた。今ではなかの液体が消えていくのを眺めている。

君の仕業? 帰宅してゴミ箱に空瓶を見つけたエリックが訊ねる。

ごめんなさい、とわたしは答える。資源ごみのほうへ入れなくちゃね。ガラスは資源ごみだってことはわかってる。

なにしろありがたいのは、エタノールを分解する酵素だ。それがなければわたしの顔は驚くほど赤くなって、わたしにアルコールを自由に飲ませようだなんて、誰も二度と思わないことだろう。

何か食べた？　と彼は今度はそう訊きながら、コートとバッグを同時に床へ落とし、ローラーブレードを履いているみたいにすうっとキッチンへ入ってくる。てっきり彼はローラーブレードを履いてるんだと思って、ドアまで戻ってもう一回やって、と頼む。

こういうときのわたしは、食品ＣＭの影響をとても受けやすい。タイソンの一〇〇パーセント天然原料完全調理済みチキンナゲット。わたしの顔はどんどん画面に近づいていき、エリックはぶつかるまえに引き離さなくちゃならない。

わたしたちは連れだって、またスーパーへ行く。

ただの移動ではない、とわたしは自分で訂正する。遠征だ。

ほらね、わたしったら、シダの茂みを出たり入ったり、歩道をずっとスキップしてる。

曜日の感覚がなくなっている。

今日って週末だっけ？　それとも、レンジ調理春巻きの日？　毎食、わたしたちは紙皿を膝に置いて食べる。もう皿は使わない、とわたしは決める。面倒くさい。

秋が終わる。

雹を伴う嵐の注意報がでている。わたしが外に出ているときに嵐がやってきて、小さな白いかけらが目に刺さる。雹はたちまち激しい勢いで降ってきて、あらゆる物を打ち叩く。そしてあとに続くのは異常な暴風雨で、ほんの一瞬でも外に立っているとハイパワー・ホースの水に打たれているみたいだ。

強風の注意報が出ている。風速十七メートル以上の突風が予想されている。わたしたちは家の窓をすべて閉め、ベッドにもぐりこむ。それでも、木の枝が折れたり落ちたりゴミバケツが飛ばされたりする音が聞こえる。

このいまいましい街ったら、翌朝わたしはそう言いながら、うちのゴミバケツを探して通りを歩く。


エリックが、話があるらしい。彼は話をしようとわたしをソファへ連れていく。

聴いてる？　と彼は訊ねる。

聴いてる。

あのさ、君はあの精神科医に診てもらったほうがいいかもしれない。

どの精神科医？　医者の連絡先なんて、わたしはすぐに捨ててしまっていた。行こうとさえ思っていなかった。

どこかおかしいと思ってるわけ？　とわたしは訊ねる。だって、どこもおかしくなんかないもん。わたし、完璧に幸せ。

そして笑い声をあげる。まるで躁状態みたいに聞こえる。

父には、質問したくない。父は背は高くないけれど、十歳のわたしは、首を伸ばして見上げなければならない。わたしがどんな質問をしても――どうして氷は水に浮くの？　どうして負数は素数じゃないの？　――父はこう答える。おまえには頭と二本の手があるだろう。答えは自分で調べられる。そしてこう質問される：父さんは誰かに高等数学を教えてもらったのかな、それとも、自分で勉強したのかな？　それでも、父は皮肉っぽく教えてくれる。といっても父らしい教え方で：一度言ったら二度と繰り返さないからな。おまえには頭と二本の手がある、答えは自分で調べなさい。人生をどう生き抜けばいいか知りたいか？　注意を払え。

こうして形成された習慣により、わたしがエリックに質問できるのは彼が寝ているときだけだ。最初の寝息が聞こえてくるや、わたしは訊ねる。どうしてあなたの人生航路はそんなにまっすぐなの？　どうしてあなたの家族はあんなに気持ちのいい人たちなの？　なんだか不公平よね、あなたにはなんでも簡単なんだから。前世で、あなたはきっとフンコロガシだったんだ。それとも、誰かほかのひとのために自分の命を投げ出した人。たぶん、道を渡ってた妊婦のためとかに。

あなた、覚えてる？

そしてわたしは彼の紅葉の色の髪をかき分け、声を低くしてささやく。お願いだから立ち止まってよ、ほんのちょっとの間でいいの、そしてわたしが追いつけるようにして。ずっと追いつかせてもらえないとしたら、わたしがあなたと結婚するわけないでしょ？

今ではもっと勇敢だ。彼が起きているときでもこういうことを言える。

あの女医さんと話してこいよ。今回は断固とした、とても真剣な口調だ。

本気だよ、と彼は言う。今度はとても静かに。

あのはじめの何度かのセッションのとき、わたしは大きなサングラスにふっくらしたロングコートという格好で女医の診療所へ行く。とちゅうで、彼女は言う。どうぞいつでもそのサングラスは外してくださいね。そこでわたしは外せない口実をでっちあげる。最近瞳孔が拡張してるんです。手持ちの度付きメガネはこれだけなんです。

わたしはなるべくドアに近いところに座る。

件のコートはぜったい脱がない。

それに、冬に入ったので、いつも寒いし。

家に帰るや、エリックに言う。女医さんのところへ行ってきたよ、これで満足？

わたしの健康保険担当の女の人に、わたしは訊ねる。精神科医にかかってることはうちの両親にはわからないって、確かなんでしょうね？

あなたが何か過激なことをしようと思わないかぎり、大丈夫です、と彼女は答える。

たとえばこんなこと？　最近見た夢で、わたしはオリンピックサイズのジクロロメタンのプールで泳いでいたんです。肌につくとヒリヒリする溶剤なんですけどね。わたしは泳ぎに泳いで、そして溺れちゃった。

女の人は答える。はい、そういうことです。

わたしが精神科に通っていることを母が知ったらなんと言うだろうかと考えただけで、面白い。

赤の他人に自分の悩みを話すだって？　赤の他人に金を払って聴いてもらうだって？

エリックから初めて愛してるよと言われたのは、研究室で、ミーティング直前。わたしのミーティングが終わるまで待とうと彼は思う、でも彼は一日じゅうやきもきしていたのだ。彼は寝ていない。会議室へ入ろうとするわたしを捕まえて、その一言を口にする。わたしは棒立ちになる。皮膚がパリパリに焼けるみたい。ミーティング出られるかな？　出るけど、何も覚えていない。

初日の精神科医の言葉：あなたが渡らなくちゃならない溝は物理的なものではないんですよ。

じゃあ、なんなんですか？　とわたしは訊ねる。

物理的なもののほうがずっといい。グランドキャニオンで、頭に林檎をのせてバランスをとりながら綱渡りしろと言ってよ、やってみせるから。

付き合って一年経ったころ、君を理解したいんだとエリックは言う。それも遠くからとか、彼の言うわたしの厚さ二十五センチの防弾ガラス越しに、というだけではなく。

防弾ガラスの後ろに、僕はさらにガラスを見つけたよ、と彼は言う。

わたしには自分では制御できないチック症があって、長いあいだ手をつないでいられない。そのうち親指を彼の手のひらの真ん中に食い込ませてしまうので、彼は手を放すことになる。

ふつうの人みたいに僕の手を握ってくれよ、と彼は叫ぶ。

ごめんなさい、とわたしは叫び返す。

わたしたちがまだこんな問題を抱えていることに、彼は困惑している。わたしたちは犬を連れて外に出る。テイクアウトを買いに出かける。わたしはぶらぶらと行き来する。すると彼はまたわたしの手を取り、わたしはできるかぎり頑張って親指を動かさないようにする。

中学校のとき、同級生から言われたジョーク：アジア系の赤ん坊が生まれると、両親は二枚の札を掲げる。「医者《ドクター》」か「博士《ドクター》」。赤ん坊は選ばなくてはならない。

これまで、このジョークのいろいろなバージョンを耳にしてきた。時代は変わり、もはや「医者」か「博士」ではなく、「医者」か「科学者」、「医者」か「エンジニア」、「医者」か「投資銀行家」。

これはジョークというより事実の提示だ。

そんなの、どこで聞いたの？　わたしが訊ねると、彼女は両親からだと答える、両親は白人だ。それからわたしの目の前で、彼女は腹を抱えて笑う。背中を伸ばした彼女を、わたしは蹴飛ばしてやりたくなる。あんたの両親も二枚の札を掲げたのか、と彼女は訊く。してない、とわたしは答える。ぜったいしてるはず、と彼女は言う。してない、とわたしは返事する。すると彼女は先生のところへ行って、わたしのことを嘘つきだと言う。

この同級生とはけっして友達になることはない。蹴飛ばしておけばよかったと思う。

この話を精神科医にすると、女医は言う。鏡の前に立ってごらんなさい。鏡に自分を映すことで、怒りの発現に対処できます。

でも、わたし、怒ってるわけじゃありません。

いいえ、怒ってますよ。

今や指導する生徒の数が増えている。磁気学、電気学、電気回路と書き記した学生たちは、ほかの指導員には断られるからといってわたしのところへ来る。手伝ってもらえますか？　と彼らは頼む。やってみるわ。でも先生を務めるのは楽ではない。決まった時間のあいだどうやってひとつのテーマから離れないでいるか。授業計画はどうするか。

わたしが言うこと：

まずは大事なことから、お腹すいてる？　ポテトチップスは好き？

ぜったいペンで書いてね、あなたの間違いがぜんぶ見られるし、できれば直したいから。

ポテトチップスがなくなった？　なくなっちゃったの？　いいわ、あなたはここにいて。わたしが追加を買ってくるから。

ある個人指導で、磁気学を学ぼうとしている学生が、自分の育った場所のことを話しはじめる。とある島で。

大西洋の真ん中の。

歯医者がひとりしかいない。

それが彼の父親だ。

彼が時間をつぶそうとしているだけなのはわかっているけど、ついつい引き込まれてしまう話なので、最後まで話させる。それから今度はわたしが、歯に関するべつの話を聞かせる。

ラジウムを直に見たことある？　ラジウムは美しい蛍光性の化学物質なの。二十世紀前半には、暗闇で光る腕時計を作るのに使われていた。時計に塗るときに、女の子たちは絵筆をラジウムの塗料に浸し、それから口に入れて塗料を舐めとっていたの。

そのころは知られていなかったんだけど、体内にたっぷり取り込まれたラジウムはそのまま骨に蓄積される。ラジウムはカルシウムに似ているの。だからこの二つは周期表で同じ列にあるのよ。

女の子たちの歯が、まず最初に腐食しはじめた。

それからほかのすべてが。

体からラジウムを完全に取り除くには、火葬にしてから塩酸のなかで煮なくちゃならない。

この話を聞いたあと、学生は磁気学に戻る気まんまんになっている。彼は、この時間に終えるはずだったワークシートを白紙で差し出す。


良い教師は授業を毎回要約する、とどこかで読んだ。

ラジウム塗料を飲んではいけません。水を飲みなさい。

すくなくとも、一日に三リットル。

わたしはワークシートを返す、完了。


わたしたちは家にいる。雨が降っている。アパートじゅう濡れた犬のにおいがする。どうしてこうなるかというと、わたしたちが犬に家具を自由に使わせたからだ。ソファ。ベッド。コーヒーテーブル。草の代わりのようにして犬がごろごろ上を転がるふたつの敷物。そもそもなんで濡れるのかって？　エリックが外に連れ出す。雨が降ると、犬はうきうきする。変わった犬で、濡れるのが好きなのだ。

もしかしたらわたしたち、いっしょにいる時間がじゅうぶんじゃないのかも、とわたしはエリックに言ってみる。もういっしょにどこか行ったりしないじゃない。まえはもっといっしょに出かけてなかった？

君は何がしたいの？　と彼が訊ねる。

あなたは何がしたいの？　とわたしは訊く。

その週のもっとあとになって、親友に言われる。あらやだ、彼はガラスでできてるわけじゃないのよ。

ガラスじゃないかもしれない。でも磁器製かも？

わたしは自分の両親が手をつないでいたり、抱き合っていたり、キスしたりしているのを見た覚えがまったくない。そのせいで、愛情のこもった言葉を聞くと、高いところは怖くてたまらないのに、高いビルから飛び降りたくなるんだろうか。

精神科医は言う。ご両親がそういうことを一切しなかったなんてありえませんよ、あなたがこうして存在しているんですから。

わたしのどこが好き？　ある夜エリックにそう訊ねる。

ええ？　と彼は問い返す。

そしてそのあと、わたしが笑顔になると彼はその笑顔を指して、それだよ、と言う。

わたしたちは科学博物館に行くことにする。博物館にはプラネタリウムがあって、ビートルズのレーザーショーもやっている。

曲目：「ディア・プルーデンス」「シー・セッド・シー・セッド」「恋のアドバイス」「オー！ダーリン」「エヴリボディーズ・ゴット・サムシング・トゥ・ハイド・エクセプト・ミー・アンド・マイ・モンキー」「ひとりぼっちのあいつ」「ア・デイ・イン・ザ・ライフ」

だけどわたし、ビートルズは好きじゃない、ショーの列に並びながら、わたしはエリックに小さな声で言う。

わたしがビートルズを好きじゃないのは知ってるでしょ、席に腰を落ち着けながら、わたしは言う。

わたしはクイーンとフレディ・マーキュリーが、「ドント・ストップ・ミー・ナウ」が好きなの。あの歌詞が、ねえ聴いて。**僕は火星に向かって衝突コースを突き進むロケット。僕は衛星、コントロールがきかない、僕はすぐさま再充填できるセックスマシーン、爆発しかけてる原子爆弾みたいな……ミスター華氏《ファーレンハイト》と呼ばれてる。**

フレディ・マーキュリーは科学をかっこいいものにしたのよ、とわたしは、これがどれほど陳腐に聞こえるか承知しながら言う。

それに、彼の名前はフレディ・水銀《マーキュリー》だしね。

エリックはビートルズを聴きながら成長した。彼の母親はビートルマニアの生き残り。彼の父親は改心したヒッピーだ。

まあ聴いてみたら、と彼は返事する。

ショーのあいだ、わたしはレーザーに心を奪われる。ものすごくたくさんのレーザー光だ。

レーザー光は放射によって色鮮やかなのだ。緑なのは緑の光を発しているから。赤い光を吸収するから緑に見える木の葉とは違う。

これにてこずる学生もいる――自分が認識している色が放射によるものか吸収によるものかということで。そんなときは学生にこう説明する。もし暗闇で色が見えるなら、それはそれ自体の色、放射なの。このことによって、緑のレーザー光は地上でもっとも緑な木の葉よりも色としては純粋だ。

ショーのあとは、どこへ目をやっても――白い壁、青い空、エリックの顔――フクロウや潜水艦の形のレーザー光が見える。

気に入らなかったんだね、と彼は言う。

気に入った。新しいことを経験してみるのは好きよ。

好きじゃないじゃないか。

好きじゃない。

「ディア・プルーデンス」はどうだった？　と彼は訊ねる。

それってどの歌？

しまいにわかるころには——最初のだよ。最初の？　フクロウのレーザーのだ。どのフクロウ？　緑のフクロウだよ。ああ、あれね、あれはまあまあだった。まあまあってだけ？　なかなかよかった——彼は博物館を堪能して、もう出たがっている。

エリックがわたしに音楽を教えてくれた。彼に会うまで、わたしは静寂を聴いていた。それでもわたしは十年間ピアノを弾いていたのだ。

習いはじめは七歳のとき。わたしは昔ながらの音楽教育を受ける。まずはじめは、一日三時間、ピンポン玉を両の掌に括りつけて練習する。指が伸びる。一オクターヴ届くようになる。わたしの好きな曲は「雨だれのプレリュード」なんだけど、「エリーゼのために」なら楽譜なしで弾ける。弾かないのは、あがり症なのと、いちど高校のときカフェで弾くと、男の人がやってきて、もういちど「エリーゼのために」を聴かされたら叫んでしまいそうだ、あれは過大評価されすぎだよ、と言うからだ。一瞬、わたしは叫びそうになる。わたしは合唱団や歌い手の伴奏を務めるにはじゅうぶんな腕前だけど、自分のコンサートを立派に開催できるほどではない。あなたには感情がない、とロシア人のピアノの先生から言われる。あなたはなんでも間違えずに弾く、ペダリングも正確、だけどあなたの弾き方はロボットみたいね、苦しみも悲しみもないし、楽しさも喜びもない。

エリックはとても音楽が好きなので、いつでも頭のなかで歌が流れている。だからしょっちゅう鼻歌を歌っていることになる。彼は成長すると友達とバンドを組む。デルクとかアクア・ハムスターとかいうバンド名をつける。あるときなど、彼は五つのバンドとそれに学校のマーチングバンドに所属している。ドラムを演奏すれば女の子たちが寄ってくる、と彼は聞かされる。じつのところその友達は、セックスできるぞ、と言う。そんなことは一度も起こらない。彼がセックスするのは大学に入ってからだし、それはドラムの効果ではない。その女の子が彼のことをキュートだと思うってだけのことだ。この大学にはジャズバンドがあり、彼は参加する。

ジャズではね、アドリブ演奏を教えてくれるんだ、と彼は説明する、音楽を楽譜どおりに演奏するんじゃなく。

わたしには、どう考えていいのかわからない。音楽を楽譜どおりに演奏しないの？

去年のこと、メイシーズで、彼が立ち止まって、今流れている歌は四分の五拍子だと教えてくれる。わたしたちは音楽の話をしていたわけではない、そうではなく、歩きながらクリスマスの飾りつけをうっとり眺めている。でも、あの拍子記号、二小節で彼にはわかる。

あなたにはきっと天分があるのね、とわたしが言うと、彼は首を振る。どのミュージシャンだって君にそう教えられるよ。

わたしはだめ。

ミュージシャンもいるし、楽器の弾き方を知ってるだけの人もいる。

何が言いたいの？

べつに君のことを言ってるわけじゃなくて、人間全般について言ってるんだ。

それでもやっぱり、わたしたちはハンガーラックの横で喧嘩する。

彼はこんなことを言う：君が感情だとしたら、それは意地悪だな。
わたしはこんなことを言う：あなたが動物だとしたら、それはナマケモノだね。
でもわたしは、意地悪でそう言っただけ。

わたしの耳は故障してるに違いない。「ディア・プルーデンス」がどんな曲かは知っている。十回以上聴いたことがある。エリックだってステレオでかけて、この曲についていろんなことを話してくれた。次の日、彼はこう言う。君が、いいわね、とか、悪くない、以外のことを何か言ってくれたらなあと思ってたんだ。

どんなことを言えばよかったのかやってみる。何かビートのこととかかな。

あの曲ってビートーイーだった？　ビートーイッシュ？　ビートールーフル？

そのどれでもなかったみたい、彼が笑いもしないでそっぽを向くところをみると。


十二月、気象予報士は毎日、雪になると言う。しまいにやっと雪になる。わたしはどちらにより驚いているんだろう、雪片に、それとも予報士が正しかったことにかな。予報士はちゃんと自分に有利になるようにしていたとはいえ。

わたしは早起きする、午前五時、何もかもが真っ白になっているのをほれぼれと眺めようと。除雪トラックが通ったり犬があちこちにおしっこしたりしないうちに。

新聞を読むためにはすくなくとも三千の漢字を知っていなければならないのだけれど、わたしは千くらいだろう。そのどれひとつとして書くことはできない。

中国を出てから、戻ったのは二度だけ：一度は中学の真ん中あたりで。もう一度は高校の終わり。二度目に戻ったときはまえより自由にさせてもらう。ひとりであちこち行かせてもらえる。これはいいと思っていられたのは、タクシーに乗って、友人たちといっしょにいる母と待ち合わせしていたレストランへ行ってくれと運転手に頼むまでだ。レストランの名前はすらすらと、訛りもなく言える。ところが運転手はそのレストランの場所を知らない。店の名前を書いてくれ、そうしたらGPSに入力するから、と運転手は言う。けっきょくわたしはタクシーを降りて、べつのを探さなくてはならない。

べつのタクシーは見つからない。二十区画あまりをひたすら歩く、無念な思いで。

わたしの心に新しい不安が芽生える、わたしは中国人らしさを失いかけているのではなかろうか。死んだ皮膚みたいに、どんどんわたしから剝がれ落ちている。

そしてその皮膚の下には、わたしのアメリカ人らしさがある。

子供のころはよく中国語で夢を見たのに、もう長いあいだ中国語で夢を見たことはない。かくして、したがって、それゆえ、わたしの論理は今やすべて英語で成り立っている。おかしなことに、数えるのはいまだに中国語なので、なるべく通りすがりのものをすべて数えるようにしている。

バナナ三本。

自転車七台。

十二人の赤ちゃんを体に結わえ付けた十二人の大人。

こうすれば、皮膚は無事そのままでいる。

どちらの言葉にも完全に落ち着くことができないというのは、奇妙な感覚だ。わたしは英語のほうが居心地がいいのだけど、エリックに言わせると、いまだにネイティヴスピーカーじゃないのがわかるらしい――君の慣用句の使い方はいつもちょっとズレてるし、閉じる《クローズ》をなんにでも使うだろ。明かりを閉じて、テレビを、オーブンを閉じて。ほんとは消す《ターン・オフ》って言いたいときに、君は閉じる《クローズ》って言うよね。

だって、中国語ではそういうときにひとつの言葉しかないんだもん。关《グアン》。

エリックに直してもらえるようになるまえのわたしは、こんなことを言う。音死《トーン・デス》（本来はトーン・デフ、痴音）とか、本の表紙を評価してはならない《ドント・ジャッジ・ア・ブックス・カヴァー》（ドント・ジャッジ・ア・ブック・バイ・イッツ・カヴァー、本を表紙で評価してはならない）とか、ファリードな眉毛《ブラウズ》（ファロウド・ブラウズ、眉間《ファリー》の縦皺）。

眉毛って柔毛状よ、そうじゃない？

そうだね、と彼は言う。だけど、柔毛質《ファリネス》っていうのはフラストレーションを抱えた状態のことじゃない。

何かのゲームに負けると、わたしは言う。わたしの顔をこすらないで。

わたしの顔をそこにこすりつけないで（勝者が思い知らせるという意味）って言いたいんだろ。

うん、そう。だけど、わたしの顔をこすらないでってことも。

中国語の方言はたくさんあるけれど、わたしが話せるのはひとつだけ。母はもうひとつ話せる。中国で、母は自分の親族や友人たちと上海語でしゃべる。この方言は中国の公用語マンダリンとはまったく違う。もっとリリカルで優雅で、一部の人（わたしの母）からは、中国の方言のなかでいちばん美しいとされている。フランス語を初めて聞いたわたしは、母を思い出す。音節が混然一体となる感じが似ている、歌うようなところが。フランス人は母国語にものすごく誇りを持っているのだと知って、わたしは母のことがもうちょっとわかった気がする。

上海に八年住んでいたのに、父は上海語がしゃべれない。母が父とは上海語で話さないせいかもしれない——ふたりはマンダリンでしか話さない。わたしが生まれると、母はわたしに対しても上海語は使わない。

研究によると、脳はのけ者にされることを傷心《ブロークン・ハート》ではなく骨折《ブロークン・ボーン》のように感じるという。脳が感じるのは肉体的苦痛なのだ。

わたしは上海語をちょっと知っている。まったく覚えないでいることなどできない。ラ・タというのは、とてもだらしがない、散らかっているという意味だ。わたしやわたしの部屋を形容するのに、母はこう言う。ダン・ディはタクシーを呼ぶという意味。

どうしてわたしたちがしゃべっていることをぜんぶわかる必要があるの？　わたしがやっとたどり着いたレストランで、子供時代からの友人たちに囲まれた母はそう訊ねる。

べつにわかる必要があるってわけじゃないと思う。ただ、わかっていたいの。

あとになってから考える、もしかしたら母がわたしに上海語を教えないのは、ちょうど英語がわたしのものになっているように、それが母のものだからなのかもしれない、と。わたしは六歳のころにはもう流暢で、それは母に苛立ちを感じさせたに違いない。今でさえ、母に話しかける人は相変わらず、英語が下手なのは耳が不自由なのと同じだといわんばかりに声を張り上げる。人は相変わらず笑う、ひどく滑稽なことと同じだといわんばかりに。

でも、ときにはちょっと滑稽なこともある。大学へ入るまえの夏、うちの家へ塗装屋さんたちがやってきた。母はどうしても塗装屋《ペインター》と言えなかった。母は豹《パンサー》と言うのだ。近所の人に訊かれた母は、うちに豹《パンサー》が三人来ていると答えたのだった。

反射は光の性質のなかでもっとも説明しやすい。スプーンの正面は凹面鏡だ。裏側は凸面鏡。夕食の席で、わたしは特別に時間をかけてこの興味深い事実を玩味する。スプーンを顔に近づけたり離したりし、鼻が逆さになったところで手を止める。

何やってるの？　とエリックが訊く。

スプーンを眺めてるの。

だけど、なんで？

自分のなかから怒りを取り除くため。

喜劇はすべて結婚で終わる。悲劇はすべて死で終わる。だけど、その中間のその他もろもろは？　中間に生じるのが人生だ、と誰かすごく賢い人が言ってたっけ。

エリックにわたしたちのことを訊ねる。で、あなたはこれをなんて呼ぶ？

辺獄《リンボ》、と彼は答える。

ラテンアメリカのダンスを思い出させる言葉だ。

わたしたちがこのダンスをしているあいだに変わったこと：

わたしたちはもう、ベッドで一枚の毛布を分け合わない。二枚のべつべつの毛布を使っている。

野原で、わたしは一方の端からボールを投げ、彼はもう一方の端から投げ、犬は選ばなくてはならない。

犬はただそこに座っているだけ。これは罠だ、と犬は考える。

テレビを観るのは苦労する。彼は言う。フードネットワーク（食をテーマとした専門テレビ局）はもうたくさんだ。ブラヴォー・テレビ（有料チャンネル）も。ＴＬＣ（ケーブルＴＶ）も。

じゃあ何観るのよ？

親友は言う、なるようになるもんよ、だけどめちゃくちゃにしたりしちゃだめ。そのことで別れたりしちゃだめだからね。自分が正しいと証明したいがために何か思い切ったことしたりしないで。

彼女は患者にあまりに早く敗北を認めさせるよりは、最後の最後まで引き延ばしたいのだ。

あなたたち、まだ寄り添って寝てる？　と彼女は訊ねる。

最初は違う。でもね、目が覚めるとわたしたち、わたしの脚は彼の脚にのっかって、彼の腕はわたしの腕にのっかって、そのいちばん上に犬がいるの。寝てるあいだに体動かしてそういう配置になってるんでしょうね、きっと。

目の見えない人にどうやって色を説明する？　完全にってわけじゃないものの、ほとんど見えない人に。学生のひとりがそんなふうなので、それがわたしの仕事なのだ。彼女はおぼろげに物が見えるけれど、長いあいだじっと見つめてやっとなのだ。空がなんとなく青くて、太陽はなんとなく赤いのはわかる。

いいじゃない、とわたしは言う。それが分光。つまらない白い光がプリズムを通ると虹になるの。青い光がもっとも散乱する、だからどこでも青空が見える。赤い光は散乱がもっともすくない、だから赤い太陽はひとところに見える。

わたしは、彼女がＧＲＥ（大学院進学に必要な共通試験）に備える手伝いをすることになっている。でもかわりに、時間のほとんどはふたりで色の話をしている。

わたしの服と靴の色。

ほかの人たちの服と靴の色。

太陽がじゅうぶんなだけ低く傾いて赤い光の散乱が最大になり、そして、ほら、夕焼けだ、となったときの空の色。

周期表のまんなかにあるのは遷移金属だ。これらの金属は奇妙な性質を持ち、色彩豊かだ。マンガンはラヴェンダー。銅はロイヤルブルー。ニッケルはシーフォームグリーン。コバルトはダークオレンジ。クロムは多色、どのような状態でいるかによって違う。以前は研究室でこういう金属を扱っていたのだと彼女に話す。

だからね、金属みたいな灰色、なんて言っちゃだめよ。

霧みたいな灰色とか、煙みたいな、とか、灰みたいな、とかにしてね。

彼女は訊ねる。象みたいな灰色とか？

それもいいかもね。

翌日、この学生の母親から電話がかかる。

うちの娘はＧＲＥのことは何も言わないんです。話すことといったら色のことばかりで。色もＧＲＥテストに出るんですか？

いいえ、出ません。でも出すべきです。

ほんとうのところ、あの子に何を教えているんですか？

夕焼けをどう理解するか。

そう答えると、電話は切れる。その学生とのつぎの個人指導の日には誰も現れず、家に帰るとエリックが彼の母親とスピーカーフォンでしゃべっている。彼が母親にその日のことを詳しく話しているのが聞こえる、ランチのときに使った調味料にいたるまで。粗びきコショウ入りケチャップ。蜂蜜入りマヨネーズ。

職探しはうまくいっていると彼は話す。面接が立て続けに控えている。

それは当然だわ、と彼の母親は言う。

わたしの太陽と星。

才気煥発、才気煥発。

幸福についてのある助言：幸福になるもっとも確かな方法は、ほかの人たちのために幸福を求めることである。

精神科医は付け加える。そしてもしそれができないんなら、そうするふりをしなさい。

ときどき、わたしの休暇がどんなぐあいか確かめようと、学校から電話がかかってくる。

相変らずです、とわたしは答える。

で、健康状態のほうは？

それもです。

科学者になりたいのだという学生たちに、わたしは訊ねる。本気？　わかってるの？

科学者はただの人間にすぎないし、ただの人間は間違いをおかす。

定理はただただ定理なのである、間違っていると証明されたことがないのだから。でも、同時にまた正しいと証明されたこともない。

すべてがとても大きな抜け穴ってことね。

ならば、わたしは実際には何を学んでるんですか？　ひとりの学生が訊ねる。

そうよね。だから、あなた、ほんとうに科学者になりたい？

　一月は雪がぜんぜん降らないけれど、大気はまさに凍てつくようだ。窓から見ると、一見日が照って暖かそうなのに、一歩外へ出ると、皮膚の細胞が死にはじめるのを感じる。郵便物を取りにいくためだけに、毛布を体に巻き付ける。

　親友がプレゼントを送ってくれた。ぬいぐるみの人形で、髪は黄色い毛糸、両目はX印で口は線だ。「クソッタレ人形」と呼ばれている。人形の両脚をひっつかみ、中身が飛び出さんばかりの勢いで叩きつけながら、クソッタレ、クソッタレ、クソッタレと叫ぶのだそうだ。やってみたら、人形は工業用グレードの材料でできているのがわかった。わたしは人形に「科学のくそったれめ《サイエンス、ユー・マザーファッカー》」と名前をつける。

　付き合いはじめるまえ、エリックはわたしのフードの横を通っては、わたしの試薬瓶を褒めた——すごくきれいだと言って。きれいな女の子のきれいな化学。するとわたしは顔が赤くなった。自分がそんなにきれいだとは思っていなかった。わたしはマンガンほどきれいではなかった。

　今では、彼はアパートでわたしの机の横を通って、わたしに電話を渡す。彼はあの種の人間なのだ——楽天家。両親に電話してほんとうのことを話せと彼はわたしの背中を押す。

　でも両親とはめったに話さない。そして話すときは、調味料のことをしゃべったりはしない。

　母は訊ねる：あんた、博士課程はいつ終了するの？　いつ仕事に就くの？

　父は訊ねる：学生ローンはいつ返済するんだ？　いつ家を買うんだ？

　わたしは子供でいるのをやめて大人になるべきだということで、両親の意見は一致している。

大学時代、中国人のルームメートがいて、彼女は日曜ごとに両親に電話していた。

大学時代、中国人のルームメートがいて、日曜ごとに二時間泣いていた。

あんなことにならないよう、わたしは嘘をつく。

エリックとわたしが同棲していることを両親は知らない。両親に話すのがおそろしい。打ち明けるだなんて、考えられない。エリックがまだ現れもしないうちに、父からは、結婚するまで男と同棲はしないでくれと言われるし、母からは、姓を変えないでくれと言われる。そんなふうに言う両親の口調は頑としている。ふたりがセックスという言葉を口にするのは聞いたことがないけれど、これはつまり結婚するまでセックスはなしということだ。中国語の言い方だと床に入るかな。それとももしかしたら、床にあがる。そうだと思うけどわからない。

中国では、結婚した女性は旧姓のままだ。姓を変える西洋の習慣を、母は古臭いと思っている。ならそもそもなんで男女平等なんてことを気にかけるの？　こういう理由から、なぜいまだに中国人は後れていると思われているのか、母には理解しがたい。

わたしも耳にしてきた。好奇心の強い同級生たちから言われた、飛行機で隣に座った男の人から言われた――中国人は後れていて、そして逆さまだ、方向感覚に問題のある人種だ。

何度も繰り返し言われていることは、ならば真実に違いない。

中国では、雨は地面から上にむかって降って空に落ちる。月と太陽の場所が入れ替わっている。誰もが右から左へと読み、誰もがだんだん若くなる。ゆえに、アジア女性はけっして年をとらないと信じられている。

最悪でも、どうなるっていうの？　と皆が言う。

そして、こういういろんな励ましに力づけられて、ついにわたしは勇気を奮い起こして両親に打ち明ける。お母さん、お父さん、わたし、博士課程を終えるつもりはない。やめようと思うの。

母は言う。二度と電話しないで。家に帰ろうだなんて、間違っても思うんじゃないよ。

母は言う。あんた自分を何様だと思ってるの？　学位がなければ、あんたなんかあたしにとっては無価値よ。

それから母は何も言わなくなる、電話をカウンターに叩きつけているからだ。

これはメタファーだ。

エリックが心配そうに眺めている。どうなってるの？　と訊ねる。わたしが電話を叩きつけるように切ると、彼は言う。ああ、そうか。そしてさっといなくなる。

そのつぎのセッションで、精神科医はこのメタファーのことを心理戦だと言う。超然としていなくちゃだめ、と彼女は言う。遠く離れたところで口から発せられているただの言葉にすぎないんだから。

棒と石と骨のあのフレーズ（棒や石なら骨を折られるかもしれないが、口で何を言われようと痛くもかゆくもない、という子供が喧嘩するときの文句）。

だけどわたしの骨はとてももろい。それにわたしは乳糖不耐症だし。

J・K・ローリングが学位授与式のスピーチで言ったこと：間違った方向へ進まされたと親のせいにするのは、有効期限があります。自分でハンドルを握れる年齢になった瞬間から、責任は自分にあるのです。

このハンドルを握るというのが、わたしにはまるでできていないとつくづく思う。不安と罪の意識。

両親がわたしに腹を立てていると思うとたまらない。眠れない、そしていったん眠れなくなると、ほかのこともほとんどできなくなる。

五夜連続で眠れず、それに不安と罪の意識としつこい震えとぞくぞく感、そしてなんど靴紐を結ぼうとしても紐を持っていられなくてエリックに手助けを頼まなくてはならず、嘔吐したいのにこれまたできない、じつのところ何も食べていないからだ。

短い黒髪の女性さえ見れば逃げ出し、ずんぐりした体型の男の人からも逃げる。いたるところで、両親が問いただしに来たんだと思ってしまう。

たまたまTVをつけたら映画をやっている、スリラーで、若い女の子が黒い覆面をしたカップルに車の後部に押し込まれている。

あの子の両親じゃないのか、とわたしは考える。ほかの誰があんなことするだろう？　いったんそういう結論に達するや、わたしは叫び声をあげて、リモコンを部屋の向こうへ放り投げる。

これは卵が先か鶏が先かという議論だ。

わたしは科学が好きだからこの世界に入ったのだろうか？　それとも、まず最初に科学の出来がとてもよかったからで、それから好きになりはじめた？

エリックが化学で好きなのは、すべての土台は原子だってところ。四年まえのこと、わたしたちの初めてのデートのシーン、研究室のあと、インターナショナル・ハウス・オブ・パンケークス（略してアイホップと呼ばれる朝食に特化したレストランチェーン）で、遅めの夕食というか早めの朝食というか——午前三時だ、とわたしたちは気がつく。

生物を分子レベルで理解するということ。宇宙を分子レベルで理解するということ、と彼は話す。

原子はその大部分が空洞だ。

それぞれの原子から空洞を取り除くと、世界の全人口が角砂糖一個のなかに収まるだろう。

ついにわたしはエリックに、このままではやっていけないと告げる。しつこい震えに、リモコン投げ、毎回犬がリモコンを拾ってきてはわたしの膝に生真面目に置く。わたしが遊びでやっていると思っているのだ。

ご両親は機嫌をなおしてくれるよ、とエリックは答える。

なんでわかるの？

君のご両親だって人間だからさ。

どこかに、たぶん、これに関する中国の諺があったんじゃないかな——親は親だ、そして彼らの子供でない人にとっては、彼らは人間なのである。

再び眠れるようになるためには、両親に電話をかけなおして嘘をつかなくてはならない。

あの日はたまたま嫌なことがあっただけ。すぐに博士課程を終えて、そして就職するから。

母は、よろしい、とだけ言って電話を切る。

ご両親が君に対してそんなに支配力を持ってるというのは、とエリックが言う、どうもわからないなあ。

だけどあなたなんて、親から言われたいちばんひどいことを言えさえしないじゃない。

で、それは悪いことなの？

彼のように育っていたら自分はどんな人間になっていただろうと、よく思う——ノートにステッカーに、炉辺の食卓で投げかけられる褒めたたえるような質問。わたしはたぶん大勢のなかに混じってもっとうまく人付き合いできるようになっていて、こんなにじっと靴を見つめたりしていなかっただろう。わたしはキリンのように、あの哺乳類のなかでもっとも自信に満ちた動物のように、首を高く伸ばしていただろう。


ジョーク。

病気の化学者をどうする？　ヘリウム（ヒール・ヒム、病気を治すとかけている）。

あるいはキュリウム（キュア・ヒム、治療する）。

あるいはバリウム（ベリー・ヒム、埋葬する）。

リンボにいるからといって、美味しい食事をともにする妨げにはならない。リンボにいたって、わたしたちはやっぱり食べなくちゃならない。

二月：寒くて陰鬱な月だけど、ちょっと高級なレストランの多くが、わたしたちのようなあまりお金のない客を呼び込もうとプリフィックスメニューを提供している。わたしたちはバックベイの高級イタリアンへ出かける、このあたりは典型的なボストンの風景だ――街灯柱が並び、褐色砂岩《ブラウンストーン》の家が建ち並び、どの窓からもクリスタルガラスのシャンデリアが見える。ブラウンストーンだったっけ、煉瓦《ブリック》ストーンだったっけ？　わたしには、いつも後者のほうが納得がいく。レストランでは、メニューの一部は演繹的推論によって解読可能だ。antipasto（前菜）は not-pasta（パスタではない）、antimatter（反物質）が not-matter（物質ではない）なのといっしょだ。

エリックは知りたがる。今でないのなら、ではいつなのか。予定がたっていれば、次回のためにもっといい計画がたてられる。数か月先なら、指輪の箱は引き出しに入れておく。数年先なら、指輪の箱はしまい込んで、わたしの心の準備ができたときにもう一度申し込む。

エリックは科学の世界に入るよう運命づけられていたのだと思うことがある。エジソンは電球のフィラメントを一万本試したあげく、これだと思えるものを見つけた。レオナルドからライト兄弟まで、人類は飛ぶという夢をかなえるのに五百年かかった。

いつなのかはほんとうにわからない、と言ったあとで、わたしは彼をもっと幸せにしてくれそうな女の子を何人か挙げる。共通の友人たちだ。こういう女の子たちは面白いし、陽気だし、彼と同じことに関心を持っている、特に音楽に。彼女たちは、ただ音楽を聴いているというのもアクティヴィティとしてオッケーだ。彼女たちはビートルズやプログレッシブ・メタル、それにわたしの知らないバンドが好きだ。ポリリズムについて彼と話ができる。ポリリズムは物だとわたしは思っている。

窓の外で降る雪に目をやる。

わたしたちの共通の友人のなかでいちばん楽しい女の子のことを口にのぼせる。一・八メートルの新雪のなかをぴょんぴょん飛び跳ねながら本屋へ古本を買いにいく、なんてことをごく自然にやってしまうようなところのある子だ。

だけど僕は一・八メートルの新雪のなかをぴょんぴょん飛び跳ねていく女の子なんかと付き合いたくないよ、と赤いパスタをスプーンの上でくるくる回しながら彼は言う。僕は家のなかにいる女の子がいい。

その夜、わたしは片方の頬を彼の裸の胸にくっつけて横になる。彼の心臓の鼓動を聴く。弁が閉じたり開いたりして、血液が心房から心室へ、心室から動脈へと送り込まれてぐるっとひと回りする音だ。この循環系は閉鎖系で、つまり何も入ってこないし、何も出て行かない。

化学研究室で何より大切なのは、閉鎖系は決して熱してはならないということ、さもないと爆発する。

もっとも感情をかきたてる経験、とくに恐れと関係したものは、脳の長期記憶を司る部分を活性化させる。これは進化の面から納得できる、自然のなかで死なずにいるには、恐ろしい出来事を覚えていられるということは重要だからだ。

ひとつの例が出産だ。母親たちは陣痛の時間や激しさについては驚くほど正確に語ることが多いのに、子供についての具体的な詳細となるとそれほどでもない。

母の分娩は十時間二十三分かかる。

誘発分娩なの。

鎮痛薬はなし。

わたし、どんな顔だった？　七歳のわたしは訊ねる。

赤ちゃんって感じ。

ほかには？

ジャガイモに似てた。

逆もまた役に立つに違いない、子供が母親の思い出を回想するというのも。

これはまた、精神科医からやってくださいと言われたことでもある。


あるとき、母が車を、横向きに私道をふさぐように停め、父は出ていくときに、芝生を横切りバラの茂みを突っ切って、それから郵便受けを押し倒して車を走らせなければならない。その日は、郵便は来ない。

あるとき、母は家じゅうの電話線をぜんぶ切ってしまう。ビッグ・ロッツとかマーシャルズとかいった小売りの店に電話して雇ってもらえないか訊くのにうんざりしたのだ。電話越しに母の訛りを聞いた相手は、つい最近雇ったところだと答える。でも線を切ってしまったあとで、母は後悔する。これでは中国に電話できないじゃないか。

あるとき、母はベッドに三日三晩座りこんで、料理用のワインを飲みながら手紙をいくつも書く。誰宛てなのか、わたしは知らない。手紙には何か大事なことが書かれているのだと思う。だけどわたしには読めない、中国語で書かれているから。

お返しに、父は家にある皿という皿を一枚残らず割る。それから母の寝室の入口に立って、怒鳴る。そこにただ座って落ち込んでるのはやめろ、と父は言う。立て。母は立ち上がり、腹を立て、父を入口から押しのけ、父はよろめいて倒れる。母がそんなことをやってのけるとは、たいしたものだ。母は小さな小鳥で、父は防塁なのに。

ほかには？　と精神科医が訊ねる。

これかしら：あのビーカーを割ったとき、自分は無敵って気分でした。だけどそれから、あんまりいい気分じゃなくなったんです。自分のことのためにビーカーに八つ当たりするだなんて、ひどいことしちゃったなって。

無生物に感情があるみたいに考えるのは、ひとりっ子特有の症状かもしれませんね。両親が喧嘩しても、壁とか手すりとか物以外、話し相手がないでしょう？

こんどはべつの日の、べつの食事。すべてフランス語で書かれているレストランでは、演繹的推論は頓挫する。

　だからわたしは訊ねなくてはならない、aperitif《アペリチフ》（食前酒）って何？　amuse-bouche《アミューズブッシュ》（一口大のオードブル）って何？　la carte des vins《ラ カルト デ ヴァン》（ワインリスト）って何？

　このレストランはたいそうエレガントで、テーブルは大理石だ。母が二本の指でナプキンをつまみ上げて膝に広げる様をわたしは想像する。母がアメリカで初めて遭遇した無骨な中国人のイメージ。なぜわたしたちが粗野だと思われているのか、汚いと思われているのか、チャイニーズ・ビュッフェに入っていって出てきて、初めて母にはわかる。上海では、ひとつもこんなことはないのに、と母は言う。上海では、床はきれいだ。接客係は感じがいい。上海では、欲しいものはどんな種類のものでも食べられる。ところで、スイート・アンド・サワー・ポーク（酢豚）って何？　と母は訊ね、それを味わった母は気に入らない。上海には、こんなのはないわ。

　ワインだよ、とエリックが答える。vin はワインだ。

　カートいっぱいのワインだ、とわたしは考える。そしてウェイターに、カートごと持ってきてください、大きなストローを添えてね、と頼む。

　もしオーバリン大学から来ないかと言ってきたらどうなるのかな？　とエリックが言う。

　それって、あなたがほんとうに望んでることなの？　わたしは問い返す。

　九九パーセント僕がほんとうに望んでいることかもしれない。僕がやりたいことを考えたらベストの学校だ。

　なら、犬はわたしがもらうことになると思う。

君も来ようとは思わないの？　と彼は訊ねる。

科学者の考えでは、美とは単純さだ。もっともエレガントな実験はセットアップにぜんぜん時間がかからなくて、あらゆる疑問に答えを与えてくれるものだ。

うん、考えてみたよ。

理想の世界なら、わたしはためらいもなくいっしょに行くでしょうね。オハイオ、ものすごく変わったところね、とか言って。犬といっしょにあっちで新しい冒険をはじめましょ、とかね。だけどいったんあっちへ行ったら、わたしは余計な思いにあれこれ悩むことになる。わたしはあなたについていった女の子、そしてそういう女の子がどうなるかは知っている。けっして幸せにはなれないし、それにその不幸せ感をいたるところへ持ちこんでしまう。

エリックがこれまで何度も言っていること。君がやってる比較は比べるものが同じじゃないよ。オハイオはアメリカの一部だ。あっちでもみんなやっぱり英語を話す。友達を作るのもそんなに難しくないだろう。それに、もしかしたらこんな都会よりも君は気に入るかもしれない、広々していて空気が新鮮で。

フレンチレストランから帰宅すると、またも大喧嘩が始まる。

とはいっても、大というのは静かということだけど。怒るとエリックは何も言わないから。彼は座りこんで宙を見つめる。

ほんとうに怒ると、彼は立ち上がってべつの部屋へ行ってしまう。

考えてみると、こういうときのわたしはいちばん母に似ている。わたしは彼についてそのべつの部屋へ行き、まえの部屋で言ったのと同じことを言う。もしもし、聞いてる？　もしもし、耳が聞こえないの？　でも彼のあの反怒りの姿勢は難攻不落だ。

もう遅い、と彼はしまいにわたしに話しかける。とにかくなるべく眠ろうと努力してみようよ。そして彼はわたしのためにシャワーの湯を出してくれる。洗い立てのタオルを渡してくれる。すると、なんだかそれを受け取りたくなくなる。ちょっとまえには、この話はもうやめて別れましょう、なんて言ってたのだ。それなのに彼は差し出したタオルを、やっぱり丁寧にわたしの首にかけてくれる。


研究によると、犬は新しい家にうまくなじまず、必然的になんとかもとの家へ戻ろうとする、たとえ対向車線に突っ込むことになろうとも。

だけど、飼い主は？

犬の後から車の流れに飛び込む？

こういった研究をエリックに見せると、僕はなんとも思わないけど、とエリックは言う。

何かは思うでしょ。

さて、わたしはまた、犬を散歩に連れていこうと雪と風のなかに出かける。公園に行きたくてうずうずしていた犬は、着いたとたん雪だるまにおしっこをひっかける。すると幼い女の子がツンドラの上を黄色くなった雪だるまに抱きつこうと走ってきて、うしろから母親が、それを止めようと大急ぎで駆けつける。

今夜は眠れない。ベッドよりソファのほうが落ち着くかもしれないと思いつくものの、いったんソファへ移ると、レザーがひどくひんやりするし、天井は黒々していて、それにいつなんどき座面のクッションの下からクモが這い出してわたしの口に入ってくるやもしれない。

平均すると、ひとりの人間が年に八匹、眠っているあいだにクモを飲み込んでいる。

科学者たちは何年ものあいだ、この神話の虚偽を暴こうとしている。わたしたち人間はあまりに大きいので、クモにとってはまさに地形のようなもので、人間の起こす振動(呼吸、いびき、心臓の鼓動)に、どんなクモでも口の近くまで行くまえに悲鳴をあげて逃げるだろうと、彼らは言い続けている。

だけどいったん八匹という数字を聞いてしまったら、それを聞かなかったことにはぜったいできない。

それに、クモは悲鳴をあげられるのだろうか? わからない。

明け方、エリックがベッドへ運んでくれる。わたしは彼にどう思うかと訊ねる。彼はよろよろしているけれど、頭は明晰だ。クモには外骨格があり、外骨格の機能はあらゆる液体を封じ込めておくことだと彼は指摘する。

遊びに来てよ、遊びに来てよ。

わかった。

列車で、わたしは出かける。着くと、人ごみのなかから親友に手を振る。ほら、来たでしょ、鮮やかな黄色いパンツに白いセーターに薄すぎるコートを着て。彼女のところへ来るのは一年ぶり。マンハッタン全体が風洞なのだということを忘れていた。

あなた、バナナみたい、わたしを見て彼女は言う。冗談なのだけど、わたしは傷つきやすい。わたしが気持ちを高ぶらせはじめると、バナナは栄養満点なのよ、と彼女は言う。

親友は数少ない幸運な人間のひとりだ。彼女の両親も同じく厳しくて、彼女を医学の道に押しこむ。彼女はしぶしぶその道に進む。大学で、彼女は生物学を勉強し、殺すときに実験用マウスが口ごたえしないのを気に入る。入院患者に対する医者の接し方について。家族に悪い知らせを伝えるということについて。でも医学の道を、彼女はそれほど嫌だとは思わない。ほかの学生たちは嫌だけど、患者は嫌じゃない。彼らは優しい。優しくない患者については、彼女は咎めない、彼らは激しい痛みに苦しんでいるのだから。研修期間に初めての二十八時間シフトをこなしたあとで、彼女にはなおもわたしに電話する気力がある。彼女はコーヒーを飲んでハイテンションになっている。ずっとハトの話をし続ける。自分にはほかのことはできなかっただろうって、どうしてわかるの？　とわたしは訊ねる。彼女は答える。正直言って、何かほかのことしてる自分なんて考えられない。

わたしは精神科医に頼んでいる：わたしが大きな影響を与えられるようなことを何か見つけてください、そうしたらそれをやりますから。

あなたにも、ほかの人たちみんなにもってことですね、と彼女は返事した。しばらくのあいだ、やれそうなほかの職業をつぎつぎリストに書きこんでいく。団体旅行のスケジュールのライター。風変わりな新しい食べ物の味見役。公園のベンチから眺める人間観察家。ペンシルベニア駅から出もしないうちに、わたしは親友に言う。科学のことだけどね、やっぱりそこには魔法があると思うんだけど、わたしには見つけられなかった。

科学のことは忘れなさい。エリックはどうなの？ 彼、あなたを置いて行っちゃうかも。

だけど、わたしはどうすればいいの？

彼に行くのをやめさせる。でなきゃ、彼といっしょに行くのね。

無理。

どっちが？

どっちも。

ここで親友は、この訪問にわたしが何も持たずにやってきたことに気づく。水も、服の替えもなし。バッグもなし。ただ自分の体とバナナ・スーツだけ。

心配しないで、と彼女は言う。何をしてあげたらいいかな？

わたしたちはカフェ巡りをする。ソーホー。ヴィレッジ。スキム・カプチーノお願いします。そのあとすぐに、トイレ巡りをする。彼女がこの街のきれいなホテルのトイレの在処はぜんぶ知っているのに地下鉄の駅となるとさっぱりなのはおかしな話だ、とわたしは思う。どのみち歩くほうがいいし、と彼女は言う。動脈の閉塞について、例によって大げさにまくしたてる。でもトイレはどこも並外れてきれいだ。ひとつはきらきらした青いタイル。べつのところは女性のバトラーがいて布製のお手拭きが置いてある。

便器に腰掛けるのがこんなにくつろげることだとは思わなかった。ここのは日本製のハイテク便器だ。輝く太陽のボタンを押すと、ムード照明がつく。音符のボタンを押すと、モーツァルトの曲がかかる。

ついに、彼女が話したくてうずうずしていたニュースが発表される。

わあ、赤ちゃん、とわたしは言う。

この夏なの。彼女はお腹をさする。まだぺちゃんこだけど、毎日一ミリずつふくらんでいる。妊娠線を彼女は恐れている。それから、子供を育てるという実際の仕事もあるし。

どのくらい大変なのかな？　彼女は訊ねる。

大変じゃないよ、とわたしは答える。とにかくあんまり揺すぶらないようにして、眠らせて、やりたいようにさせて、夢を追いかけなさい、みたいなあたりまえのことを言ってきかせて、それから、生活していくお金を稼ぐみたいなもっと現実的な野心に道を譲るためにそうした夢を諦めなきゃならないこともあるのだと娘に言い聞かせるの。

親友は赤ちゃんに、モデルになってもらいたがってる。なれるだけの脚線美ならば。それとも女優、美人で有名だけどべつにすごく頭がいいってことはないような。

彼女がどうしてそう思うのか、わたしにはわかる。

女性が出産するとき、体から大量のオキシトシンが放出される。母親が子との絆を形成するのに役立つホルモンだ。

このホルモンにはほかの名前がいろいろある。

モラルの微粒子。

信頼のホルモン。

愛と繁栄の源。

母親はすべてオキシトシン分泌の最高値が同じだというわけではない。非常に高いレベルを示す母親もいる。子供から手を放すことを拒否するタイプだ。高まりを示さない母親もいる。

初めてそれを知ったとき、わたしは思った。大いにありそうだ、と。高まりがない。

良いおばさんとはどういうものか育児雑誌に書いてないか見てみると、何も見つからない。かわりに、今では母親となった有名モデルのインタビューを見つける。自身の母親が鏡の前でおめかししている姿を見たのがファッションに惹きつけられた始まりだ、と彼女は語っている。ほかのモデルたちのインタビューも読む。どうやら、鏡の前の母親に幻惑されたというのは共通する感情体験のようだ。

親友に知らせなくては。電話するけど彼女は仕事中だ。そこで呼び出すと、彼女はすぐに折り返し電話をくれる。

今すぐ出かけて、全身が映る鏡とパールのロングネックレス、それにきれいなドレスを買いなさい、と彼女に伝える。赤ちゃんが生まれたら、赤ちゃんの前では毎日それを身に着けて、それから職場で白衣に着替えるの。あなたの白衣姿を赤ちゃんに見せちゃだめ、とわたしは言う。でないと、幻想が失われて、赤ちゃんはあなたのことをありきたりだと思って、自分のこともありきたりだと思って、モデルとかファッションとかの世界に進みたいとは思わなくなっちゃう。

あなた、何言ってるの？ と彼女は訊く。そのうしろでサイレンの音が聞こえる。

相関関係は因果関係ではないことはわかっている。因果関係のほうが証明が難しいのは知っている、水晶玉とか、あるいは時間を遡って母親を鏡の前からどかせて女の子がそれでもモデルになるかどうか確かめることのできるタイムマシンとかを自由に使えるならべつだけど。

あるいは、両親をともに鏡からどかせて、それでもその女の子が博士号取得を目指そうとするかどうか確かめる。

もしわたしが時間を遡れるなら、まずは宝くじを当てて、つぎにまた宝くじを当てる。

百万ドル当てたら、それを投資する。

君は問題のポイントからどんどんずれてるよ、とエリックが言う。二人でわたしの宝くじ当選計画について話していたところだ。そんな大金を手に入れたら、君は何をするの？ 彼はしまいに訊ねる。わたしは答える。金はここでは関係ないんだ、と彼は返事する。問題は、そのあと君が自分の時間を何に使うかってことだよ。

もし百万ドルあったら、彼は一日じゅうドラムを叩いているのだそうだ。

もし百万ドル持っていたら、彼は本を読む。

何が言いたいかわかるだろ、と彼はつけ加え、そして今やわたしはむかついてくる。あ、そう、とわたしは返事する。百万ドルあったら、ちょっとした旅行に出かけて、それから投資するな。

中国人は功利主義者だとしょっちゅう言われる。だけど、ほんとうのところ、たいていの人がそうするんじゃない？　いったい誰が百万ドル当てておいて、ただ本を読む？　それにエリックにはドラムを叩く暇なんかない。本を読むのをやめるときにドラムもやめてしまう。時間なんてどこにある？　でもさらに重要なのは、どこにそんな場所がある？　防音壁に囲まれた場所が？どこにバンドがいる？　大学院に入ったときに彼はバンドに加わってみるけれど、でもそれからやめなくてはならない、だって、どこに時間がある？

わたしがこういうことをいろいろ指摘すると、彼はむっとする。君はなんでも文字通りに受け取りすぎだよ。

週末ごとに彼は出かけてしまう。それぞれの大学へ飛んで面接を受け、パワーポイントでスライドを見せて感心してもらわなくてはならない。わたしの前で彼がプレゼンの練習をすると、わたしは感心する。レーザーも付け足してみたら？　というのが、わたしのたったひとつの提案らしい提案だ。

犬とわたしは家に残る。留守を頼んだよ、出かけるまえに彼はわたしたちにそう言う。

了解です、隊長。

これもメモしてね。

光を理解するということは光のスペクトルを理解するということ。長いスペクトルだけど、それには理由がある。紫のつぎは紫外線で、赤の前は赤外線。根本原理を理解したならば、二度と暗記の必要はなくなる。

それからわたしは窓の外を指さす。ほら、外の光は青みがかっていて、影は長いでしょ。あれは、ここがまだ真冬で、太陽は空の低い位置にあるからなの。

真冬は三月まで続く。服を着こんでから外に出ても、いまいましい風はダウンも重ね着した綿シャツも突き抜ける。顔をしかめることさえできない。わたしの顔は凍傷にかかっている。

あまりに寒すぎて自転車や徒歩で図書館へ行けなくなると、エリックが車で送ってくれる。そして迎えに来てくれる。ありがとう、ありがとう、暖かい動く箱に乗り込みながら、わたしは言う。ありがとう、ガソリンとピストン。ありがとう、ヘンリー・フォード。

わたしを怒らせているんじゃないかと学生たちに思われることがある。

何？ いいえ。なんでそんなふうに思うの？ 寒いから？ 誰もが寒さに腹を立てている。この時期、雲にパンチをくれたいと思わない人がいるだろうか？

それから気がつく。

そうじゃない。わたしが視力検査で嘘をついているからだ。わたしはあまりはっきり見えないほうが好きなので、そのため、いつも目を細めていなければならない。このせいで、わたしは相手の顔をはっきり見ようとしているだけなのに軽蔑の表情を浮かべているように思われていたのだ。

そこでわたしは、目を大きく開けて眉毛を上げながら学生ひとりひとりを見つめることで、この事態を改善しようとする。

今度は学生たちは、何かびっくりさせるようなことを言いましたか、と訊いてくる。いつも怒っているように見えるよりびっくりしているように見えるほうがいいと、わたしは決める。

目は収束レンズで、収束レンズとは光を収束するからそう呼ばれる。拡大鏡のようなものだ。見つめてはだめ、子供のころ、あちこち見まわしていると母にそう言われる。わたしはバスでキスしているカップルを目にする。手をつないでいる老夫婦を目にする。こういう人前での愛情表現にわたしは心を奪われる、まるで犯罪を目撃しているように思えるからだ。見つめてはだめ？　でも、なんで？　目は拡大鏡だ。成長期のわたしは、高校までは問題のない視力だ。それから、ものがぼやけ始める。わたしはこのぼやけ具合が気に入る。なかには見たくないものだってある。ニキビは誰にでもある、でもなんでわたしのニキビは最悪に見えるんだろう？　誰にだって親はいる、だけどなんでわたしの親は最悪に思えるんだろう？　それにわたしたちが外を歩いているときのあの他の人たちから向けられる目つき、わたしたちが中国人だからというのではない、そうではなくて、移動中にいつしかわたしたちは口論を始めているからだ。

これを買え、あれじゃなく。家賃は誰が払ってる？　食費は誰が払ってる？　もうやめてよ、二人とも。彼女、今なんて言ったんだ？　彼女の言ったこと聞いた？　彼女は自分を何様だと思ってるんだ？　小さなお姫さま。小さな女帝。親はもはや子供に口をさしはさまれずにしゃべることさえできないのか。

わたしは外出禁止をくらったことは一度もない、食事抜きで部屋へやられたことは一度もない。そんな罰は軽すぎるとうちの両親は思っている。子供に自分の行為を後悔させなくてはならないとうちの親は思っているので、あの二人の叱り方というのは、娘がその場にいないかのように娘について話すことなのだ。三人称が使われる。視線は彼女を素通りする。彼女が何を言おうが認知されないのに、彼女が何かボソボソ英語で言い返すや——こんなのバッカみたい。

父がキレたのは英語のせいだろうか、それとも言葉が無礼だったせい？　たちまち横っ面を張り飛ばされる。

またもエリックのいない週末、わたしは試食で有名な食料品店で暇をつぶす。親友はこれを奇妙なことだと考える。どうしてあなたはいつも食料品店にいるの？

だって、通路が整然としてて、いろんなものがあるでしょ。何もかも、というかほとんど何もかもが食べられるし。落ち着くのよね。あなたもやってみれば。親友はごめんだという。彼女は一週間分の食料品を届けてもらっている。あのね、と彼女は言う、そうしてもらうとのんびりできるわよ。

わたしは試食の列に並び、ぐるぐるまわってまたべつのをもらう。わたしは三日間同じ服の上下を着ている。

デリのカウンターで、十歳の男の子が母親に話している。人工衛星はね、地球の周りを回りながらずっと落っこちているんだよ。母親は息子の言うことをバカげていると考える。いったいどこからそんなこと思いついたの？

くちばしを入れようと思ったわけじゃないけど、豚もも肉の燻製の試食を待つあいだに、やっぱり口出ししてしまう。

じつはね、お子さんは正しいんです、野球のボールを投げたら落ちるのと同じ理由で、人工衛星も落ちるんです。でも、地球が湾曲しているせいで、いつまでたっても地面にあたりません。

野球のボールがぜったい地面に触れないとしたら、ホームランの数がどれだけになるか考えてみてください、と言うと、男の子はにっこりする、でもわたしをじろじろ見ていた母親のほうは、息子を押しやる。

一メートルというのは、パリにある白金の棒に刻まれた二つの印のあいだの距離だ。

一メートルというのは、彼が行ってしまってからわたしが食べたチョコレートの長さだ。

ある日、わたしはそれぞれの個人指導をこんな誤謬で終わらせる。ある研究によると、チョコレート消費量の多いヨーロッパの国々はノーベル賞受賞者もより多く輩出している。これは、ノーベル賞への道にはカカオ豆が敷き詰められているということを示唆しているように思えるだろう。でも、チョコレートを食べている人と賞を受賞する人が同一だなんて、どうやってわかる？

わかるわけない、と言いながら、わたしはチョコレートを割って学生にひとかけら差し出す。

ダイエットは明日から。

わたしの抱える妙な問題は、脂肪はわたしのお腹だけについて、腕や脚や下あごにはつかないということだ。

いいなあ、と親友は言う。彼女はどこもかしこも大きくなっている。よく言う輝きなんて嘘だと彼女は言う。輝きというのは、太ってて、汗まみれで、荒れ狂うホルモンを放出してるってことのべつの言い方にすぎない。彼女はほとんどの場合、気がふれたカバの気分だ。

輝きはやっぱりあるのではないか、紫外線かそれよりもっと上だから見えにくいだけで、とわたしは思う。

エリックが帰ってくると、わたしは代わりに犬に駆けよらせる。豚もも肉の燻製を一キロも食べてしまったことは話さないつもりだ。

エリックはカウンターの上に並んだワインの瓶を見る。

これはなんだよ？　と彼は訊ねる。

セールよ。二本買うと一本ただ。

だけどなんでぜんぶ空なの？

ただそうなっちゃったの。だけど見て、これで我が家には新しい花入れが三本できた。

名前が読めるようになるまえのわたしは、アメリカではどの男の子も名前はベンで、どの女の子もジェンという名前なのだと思っている。わたしの小学校だけで、それぞれ七人と六人いる。混乱を和らげるために、わたしは彼らに番号をつける。ベン1、ベン2、ベン3。この不慣れな文化について、わたしは何かに気づく。名前はよくあるものばかり、なのに個々人であることが重視されている。

わたしの母のアメリカ名はジョイだ。母が自分で選ぶ。

個人指導の合間のわずかな空き時間に、わたしは携帯を眺めて、母に電話する自分を思い描く。母に手紙のことを話せばいい。大学から手紙が来た。わたしはもはやあそこの学生ではないと書いてある。恒久的除籍という言い方をして、それからご多幸を祈ると記してある。

科学の博士課程の目標は独創的なアイディアを持つということだ。それができない人間はしばしば技術者と呼ばれる。技術者は手順に従うことはできるけど、その向こうを考えることはできない。博士課程で最も優秀な学生は、数年もしないうちに技術者から科学者へと飛躍する。最低の学生はけっしてその飛躍ができない。早くからこのことに気づくアドバイザーもいて、そうした学生には科学の世界からすぐに去ったほうがいいと助言する。学生が自分でその段階に達するに任せるアドバイザーもいる。

二人とも同じ研究室にいたとき、わたしはエリックに訊ねる。あの飛躍を、あなたはどうやってやってのけたの？　すると彼は自分の頭のなかのフローチャートを説明してくれる、ひとつ実験をするごとに、彼の頭脳は彼を、その最新の実験の結果を利用するべつの箱へと導いてくれる。

そのあと、わたしは毎日自分のフローチャートが出現しているんじゃないかと期待に満ちて目を覚ましては、出現していないと打ちひしがれるようになる。

わたしに向かって初めて言ってくれたのはエリックだ。

君がいい化学者じゃないとは言わないよ、君はいい化学者だ、だけど、もしかしたら君はただ向いていないのかも。

こんなに彼に腹が立つのは初めてだ。

わたしは向いてないって？　わたしはわめく。化学が何様だっていうのよ、神様？　化学が得意になりたいと思ったら、得意になるのよ。得意になってやる。

誰もが天才だ、とアインシュタインは言った。だけど彼はまたこうも言っている。三十歳になるまでに科学に大きな貢献ができなかった人は、もうぜったいできない。

同様に、数学者のピークは二十六歳だ。なにがしかの理由で、そんな若い年齢以降、この仕事に必要な独創力は減退する。

わたしは大学からの手紙を精神科医に見せる。ほら、ここに署名判が押してあるでしょ。ほら、この厳めしいフォント。

「孤独の要塞」以外にも、化学薬品のための部屋がもうひとつある。貯蔵室なんだけど、エリックはべつの名前を考えた。「蝙蝠の洞窟」だ。

こんな場面：彼から愛していると告げられて、わたしはなんて言ったらいいかわからない。彼が聞きたがっていることをわたしは何も言わない。わたしたちは喧嘩して、関係が冷え込む。数日のあいだ、お互いに口をききたくないから話をしない。その数日間、研究室ではしょっちゅう目を向けてはそらすのを繰り返す。相手が伝染病にかかってでもいるかのように互いを避けて歩きまわる。それに、どちらかがどちらかにどうしても何か伝えなければならないときは、第三者を関与させる。たとえばこんなことを伝えるときには。わたしたち、窒素を切らしているの、窒素を注文してちょうだい。わたしたち、蒸留したジクロロメタンを切らしているの、ジクロロメタンをもっと蒸留して。あなたたちの化学反応、ふきこぼれそう、ふきこぼれてる。

永遠にこのままなんじゃないかとわたしたちは思う、だって、冷ややかにふざけた真似をしてみせるのが二人の科学者以上に得意な人間がいるだろうか。だけどわたしたちのどちらも我慢できないのは、相手がどこにいるのかわからないという状態だ、隣のフードにはいないのだとしたら。

そんなわけで、彼が「蝙蝠の洞窟」にいると、わたしは彼を探して入っていく。わたしが「孤独の要塞」にいると、わたしを探して彼が入ってくる。

何？　わたしたちはお互いに訊ねる。迷惑顔で、でも迷惑なふりをしているだけ。しまいに、わたしは彼にスパイシー・ブリトーを渡す。アルミホイルの包み紙に、彼がわたしに言ってもらいたがってることを書いておく。

新しい学生がわたしに、チーズとクラッカーを一皿持ってくる。わたしたちの最初の日だ。彼はジャケットの下に隠して皿を図書館に持ち込む。わたしは彼に何か教えることになっているのだけど、このプレゼントを見るや、忘れてしまう。わたしが言いたかったのはなんだったっけ？

思い出した：数学というのは、一時間で学べるものではない。あなたは忘れていることが多すぎる。六十四の三乗根はと訊ねたら、あなたはわからなかった。あなたはこのテストには準備が間に合わない。ほぼ間違いなく失敗するかそれに近いでしょう。

ところが返事する代わりに、彼は皿をわたしのほうへ押しやり、一口どうぞと勧める。わたしが最後に食べたのはチョコバーで、昨日だ。原則としてわたしは賄賂には反対、でも実際に差し出されると、食べ物を口に入れるのはかまわない。チーズは高級品の味わいだ。

かつてわたしにはゲームをやらせる数学の先生がいた。その先生はわたしの父で、ゲームはトランプを使うものだ。父はテーブルに四枚のカードを置く、数札だけだ。そしてわたしはどんな順序でもいいから演算して答えを二十四にしなければならない。たとえばこんなふうに言わなくてはならない。二掛ける二は四、引く一は三、掛ける八は二十四、とか、十掛ける十は百、割る五は二十、足す四は二十四。わたしたちがこのゲームをやるのはいつも、わたしにほかに行くべき場所があるときだった——学校のダンスとか、パーティーとか。父は好んでこう言う。おまえが勉強していない時間の一秒一秒が無駄になっているんだ。父は学校のダンスには、なんの価値も認めない。

父を負かすまでわたしはどこへも行けないというのがルールで、わたしに父を負かすことはできないと、父にはわかっている。

通例、父に対して口にできないのは「難しい」という言葉だ、たとえこれが当時の中学生たちがいつも使っている言葉であっても。なんの宿題をやってるんだ、と父に訊ねられ、うっかりその言葉を口にしてしまう。こんな難しいのやったことないから、説明できない。すると父には理解できない。

お前の生活のどこに難しいことなんてあるんだ？　と父は訊ねる。お前には家計を支える責任はない、税金も住宅ローンもない、九時から五時まで働く必要もない、勉強して学生の本分を果たす以外なんの仕事もないんだぞ。

偉そうなこと言うな、と父は言う。自分の生活が難しいだなんて。

偉そうなことを言うんじゃない、以上。

わたしがアメリカで最高の大学に合格したとき、父は夕食用の蕪を刻んでいる。わたしは十分まえに知ったところだ。わたしは有頂天だ。父は包丁を置いてわたしと握手すると、それからまた蕪を刻む作業に戻る。

わたしがあまり前向きな励ましを与えない、と言う学生もいる。そういう学生は個人指導の最後まで言わずにいて、それからおずおずと口にする。

進歩していると思いますか？　進歩していると先生が思ってくださっているのかどうか、よくわからないことがあって。

そこでわたしは幾つかの言い方を練習する。「あともうちょっとね」「がんばったね」「その調子」「そんなに自分を追い詰めないで」こういう言葉はわたしには外国語みたいだけど、今やわたしは前向きな言葉のルーレット盤だ。

数学の学生が問題を間違えると、あともうちょっとね、とわたしは言う。がんばったね、と言う。だって、確かに努力はしてるんだから、だけど答えは相変わらず彼の手がぜんぜん届かないところにある。

レートってなんですか？　と彼は訊ねる。

数字を時間で割ったもの。

レシオってなんですか？　と彼は訊ねる。

数字をべつの数字で割ったもの。

レートとレシオの違いってなんですか？

一方は他方の一部《サブセット》、正方形は常に長方形だが長方形は必ずしも正方形とは限らない、みたいな。

正方形ってなんですか？　長方形ってなんですか？

そんなに自分を追い詰めないで。

毎回個人指導が終わると、彼はチーズとクラッカーを差し出す。それから、車で送りましょうかと言ってくれる。

外では雪が気温の急激な変動のなかで解けていく。すぐに通りは洪水になるだろう。でも天気は思わせぶりをやっているだけだ。明日はまた寒くなって、それから夏までその繰り返しだ。

彼はわたしが教えてきた大半の大学生よりも年が上だ。高校を卒業してから何年ものあいだ世界中をあちこち旅してきたのだ。パタゴニアとかチベットとかモロッコとかベトナムとかいったところを。

いったいどうしてベトナムへ行ってみたいなんて思うわけ？　そして突然、わたしは母そっくりの口調になっている。

わたしは彼に車で家まで送ってもらう。ほら見て、わたしは彼の車の速度計の数字を指さす。これはレート。


長いあいだいっしょに暮してるけど結婚しない人はたくさんいる、と親友は言う。彼女はやっと週末に休みがとれて、その休みをわたしのために、結婚していないことで有名なカップルを調べることに費やす。ジョルジュ・サンドとフレデリック・ショパン。キャサリン・ヘプバーンとスペンサー・トレイシー。あなたたち二人もそうすればいいいんじゃない？　と彼女は言う。そんなふうに、すべてかそれともなしかって考える必要はないんじゃないの。

わたしはこれをエリックに話す。

だからね、エリック、愛人を心底愛しながらもどこまでいっても結婚しようとはしない、そういういろんな男の人たちのことを考えてみてよ。

彼は唖然とした表情でわたしを見る。

今や彼を悩ませることはほかにもある。

ホール・フーズで、わたしは無人のレジにある手持ち式のスキャナーを見つける。わたしはそれを手に持って、あちこちに向けては、ピッ、ピッ、ピッ、ピッと小さな声で言う。エリックにスキャナーを取り上げられる。

そんなことしなくたっていいでしょ、とわたしは言う。べつにあなたに向かってピッしてたわけでもないのに。

犬を散歩させながら、君のことも散歩させてるような気がする、と彼が言う。君の歩き方ってものすごくゆっくりしてるし、いちいちなんでも見なくちゃならないんだから。

僕がいなくなったら、誰がこんなことしてくれる？　わたしの背後でキャビネットを閉めながら彼は訊ねる。

まえみたいな思いやりのある口調ではない。もっとぶっきらぼうだ。それに眩暈を起こしそうな感じ。彼もわかってて、わたしもわかってて、でもふたりともけっして実際に口にしたりはしなかったようなことを、彼は口にしはじめる。

どうして君がこんなふうなのか、理由は明白じゃないか？　君には本物の子供時代がなかった、だから今そうやって突っかかるんだ。

だけど夜になると、今でも体を寄せあう。

それについては、わたしたちどう思ってるんだろう？　わたしは親友に訊ねる。

わたしたちがどう思ってるかって？　あんたたちは両方とも混乱して、頭がどうかしてるって、わたしたちは思ってるよ。

オハイオのオフィシャル・ソングは「ハング・オン・スルーピー」というロックだ。聴いてみると覚えやすい歌だ。だけど、スルーピーだなんて、どういう名前だろう? 州の中心には、高さ二四四センチのセメント製のトウモロコシが並ぶ野原がある。州のべつの場所には、「世界最大のバスケット」がある。

そしてどこかに、飲み込んだ人の体内から医者が取り出したさまざまな飲み込まれた物を展示する博物館がある、とわたしは読んだ。

ボストンでわたしが好きなのは、海に近いことだ。でもほんの一瞬、あの見知らぬ州を地元と呼ぶ自分が見える。

わたしはエリックに仮定の問いをぶつける。もしわたしも一緒についていったら、あのもうひとつの質問を引っ込めてくれる?

いつまで?

ずっと永遠に?

彼はそうしようとは思わない。

趣味について精神科医が言うこと：何か見つけるべきです。何かありますか? 何か見つけなくては。

趣味について研究室の同僚が言うこと：科学は趣味じゃできない。いったん科学を諦めたら、それは完全に諦めるってこと。

趣味について父が言うこと：季節の野菜を育てるのは不可欠なことだ。

わたしはネットのフィットネス指導者《グル》をフォローしようと決める。害はないだろうし、と考える。大いに害になるまでのあいだは。

彼女はバーピーと呼ばれる動きをするんだけど、これは挙手跳躍運動から腕立て伏せをしてそれからプランク、そしてまた挙手跳躍運動。このうちのひとつをやっただけで床の上に倒れこんでしまう。

それから、彼女がさらに五十分以上それを続けるのを見つめる。だけどこのグルは叱咤激励がとてもうまい。

こうなろうと思ったら、体はそうなる。

汗は脂肪が泣いてるのよ。

あなたはダイヤモンド、砕かれることはない。

どのビデオでも終了後に彼女は、腹筋はジムで作られるけれど、キッチンで明らかにされるのだと念を押す。そこでわたしはキッチンへ行き、シャツをまくりあげる。腹筋はどこかにあるに違いない。

精神科医はわたしの新しい趣味に目を通す。腹筋獲得はいや。花瓶作りはいや。これは——何がいやなんですか？　わたしの書いた文字を読み取ろうと彼女は眼を細める。ホームレスを探してレモネードを提供するって書いてあるのかしら？

説明させてください。うちの資源ごみのなかから缶をあさってるホームレスの男の人がいるんです。その男の人が来るとわかるので、飲み物をあげるんです。レモネードがないときには、せめて冷えたビールをグラスに一杯。

ビールをあげるんですか？

一杯だけです。そしてその缶は交換用にあげます。

それは趣味ではありません。ここに書いているのはどれも趣味じゃありません。

趣味になるかも。どれもわたしの趣味です。

庭仕事をする人もいますよ。

わたし、植物にすごく嫌われているんです。

でなきゃ、旅行。

どこへ行けばいいんでしょう？

なら、いろんなものの写真を撮るとか。

どんなものを？

なんでも望むものを。

何が自分の望みなのかわからないんです。だからここに来てるんじゃないんですか？

何かに取り組んでごらんなさい、と彼女は言う。

だけど、人々の外側の人々はどうなんですか？

どうういうこと？

毎秒四・三人の赤ちゃんが生まれています。

精神科医はちょっと失礼と言って水をとりにいく。彼女の影が戻ってくるのが見えるけど、ドアの外で数秒間ぐずぐずしている。エリックに言われたことがある、わたしは有刺鉄線のボールを隠し持っていて、ときおりそれを他人に投げつけるって。

家に帰ろうと列車に乗ったら、降りる駅を乗り過ごしてしまい、後戻りしなくてはならない。わたしの計算によると、この往復に要した時間内で、一万五千人の赤ん坊が生まれた。

上階の住人は新婚旅行に行っている。二人は一週間まえに結婚、その日ははじめ雨が降りそうだったけれど、気持ちのいい春の陽気になった。それから雨になった。

わたしたちは彼らを本名に加えてストンプ夫妻と呼んでいる。妻のほうは小柄で足の小さな女の子、夫のほうは大柄で怪物みたいな足だ。あの夫婦がどうやったら快適にセックスできるのか、あるいは互いに見つめあうことができるのか、見当がつかない。

夫婦はわたしたちに郵便物の受け取りを任せてサントリーニへ旅立った。

サントリーニの写真を見たけれど、実際にあんな景色だなんて信じられない。本当にあんなにきれいな場所なんて、あるはずがない。あれは観光客を誘いこもうとしているだけだ。夫婦が到着したら、段ボールを切り抜いた景色に迎えられ、その後ろにはフェタチーズでいっぱいのごみ埋め立て地があるんじゃないかとわたしは想像する。

あんなにきれいなところなのかもしれないよ、とエリックは言う。そうじゃないって、どうしてわかる？　君は行ったことないじゃない。

わたしは推測しているの。

ストンプ夫妻に届く郵便物は、小包だ。「掃除機、こわれもの」と表示した箱。もうひとつの箱にも「掃除機、こわれもの」と表示してある。三つ目の箱。じつのところ、かなり滑稽だ。あの夫婦が掃除機フェチだとは知らなかった。もしかしたらこれがあの夫婦のセックスのやり方なのかもしれない。

こういったギフトを、わたしたちはぜんぶ夫婦のドアの外に積みあげる。しばらくすると、もうドアが見えなくなる。その同じ週、夫婦の住居からうちに水が漏れていることをわたしたちは発見する。うちのキッチンの天井に小さな茶色いしみが出現し、しだいに広がって大陸になる。

オーストラリアみたいに見えない？　とエリックに訊ねると、何も答えずとても厳粛な面持ちだ。この件について隣人に直談判するわけにはいかない、夫婦はまだ島暮らしをしているのだから。だけど、出がけに急いでいて、キッチンの蛇口を閉めないまま行ってしまったに違いない。

これはわたしには信じられないことだ。あんな大きな音が、水が出っぱなしの蛇口が閉めてくれって言ってるのが聞こえなかったのかな？　あの夫婦がどれだけ魚を殺しているか考えてみてよ。

だけど、君だってそんなことをしょっちゅうやってるじゃないか、とエリックは言う。

いや、ぜったいない。わたしは蛇口を開けっぱなしにしたことなんてない。わたしだったら、あとで自分が殺しちゃった魚を思って泣いてる。

わたしたちは大陸のことを家主に話す。

かなりの水漏れなんですか？　と家主の男性は訊ねる。

はい、すごく大きいです。

わかりました、どこかに修理してもらうようにします。

ところが、うちの家主はさっさと動くこともなければ勤勉でもない。そして何日経っても、誰も修理には来ない。

もしかするとストンプ夫妻は蛇口から水が流れる音を、自分たちが頭のなかでぎざぎざになった崖から地中海へ飛び込んでいる音と勘違いしたのかもしれない。それとももしかしたら、わざとそうしたのかもしれない、わたしたちへのお別れのプレゼントとして。もしそうなら、あの夫婦はひどい人たちだ、とわたしはエリックに言う。わたしたち、あの二人の呼び名を「クソッタレ夫妻」に変えなくちゃ。

そんなに毒づかなくてもいいだろ、とエリックは答える。彼はわたしのこういうところを、魅力に欠ける、品がないと思っている。

毒づくのとクソッタレって言うのはべつよ、とわたしは言う。

水が出っぱなしの蛇口を、わたしは学生たちに流体力学の説明をするのに使う。手をここへあてて。流れに引き込まれるのがわかるでしょ。動く流動体は低圧を、真空を生じさせ、まわりの物をなんでも吸い込むの。ほら、下では流れが細くなるでしょ、いちばん上のほうと比べるとずいぶん細いでしょ？　これは空気が水を押し込んでいるの。

流動体の定義は、定まった形状を持たない物質すべて。ガスも流動体だし、空気も流動体、だから飛行機の翼はあんなふうにカーヴしているの。上面では空気がより速く流れるから、低圧が生じて揚力、つまり飛ぶ力になります。

アハ、という納得を表す声があがるのを待つけれど、ぜんぜんあがらない。

それに学生たちはもうアハなんて言わないし。

エリックは仕事に出かける。エリックは仕事から帰ってくる。そのあいだわたしが何をしていたかって？　洗濯？　いや、洗濯物の山はまだそのままだ。夜、ベッドに入るまえ、彼は相変わらず腕によりかからせてくれる。でも彼がわたしの腕によりかかる夜もある。仕事はやっぱり疲れるし、それに大学が職を提供してくれるかどうか待つというさらなるストレスがある。

眠そうな声で彼が訊ねる。君はなんでこんなことしてるの？

してるって、何を？

これだよ。僕たち。二匹のカンガルー。

彼はほとんど寝ている。

天井が崩れ落ち、十五キロのカビだらけの断熱材がいっしょに降ってくる。うちの食料品はその下に埋もれる、うちの水も、うちの酒類も——この危機を乗り切る手助けになりそうな物すべてが奪われる。キッチンは洞窟みたいな、湿っぽくて硫黄くさい、ポンペイの壁みたいなにおいがする。

九一一に電話したほうがいいかな？　呆然と穴を見上げているエリックに訊ねる。わたしは犬を押さえつけている。犬は断熱材がびしょ濡れなのを雨だと思い、そのなかで転げまわりたがっている。でもこれを許すわけにはいかない。

　けっきょくわたしたちは、これは九一一に電話するような類の問題ではないと結論を下し、家主に電話する。

　一から十までのレベルで言ったら、どれくらいのひどさですか？　と家主は訊ねる。エリックがわたしの手から電話をひったくると、怒鳴りはじめる。

　わたしたちは犬連れで泊まれるホテルにただで滞在することになる。うちの天井を修理するために村がひとつ丸ごと雇われる。長くても一週間、とわたしたちは言われる。

　ホテルにはティー・テーブルとかがあって、その上にはドイリーとかがのっている。

　朝食のとき、エリックはわたしのコーヒーマグにコーヒーを注いでくれて、空になったマグを振ってみせるとまたお代わりを注いでくれる。ホームレスの人みたいだね、と彼は言う。

　だってわたしたち、実際ホームレスよ。わかる？

　下手なコメディアンの特徴は、ほかの人たちを笑わせられないことだ。もっと下手なコメディアンの特徴は、ほかの人たちにわかったかどうか訊くことだ。

　それから彼は研究室へ、わたしは個人指導に、そのあいだ犬は新鮮な水と食べ物をもらってホテルにいる。どうやらサーヴィスはじゅうぶんではないらしい。犬はドアというドアの下半分をひっかく。

戻ってきたわたしは犬を叱りながら、犬がどのドアにも同じマーキングを残したことが内心嬉しい。科学においては、完璧な再現精度は最高の称賛なのだ。


件の村は信じられないくらいのろくてやり方がまずい村であることが判明する。

一週間経つと、わたしたちは言われる。長くてもあと一週間。まあだいたい一週間。


もっとひどいことになってたかもしれないんだから、ねえ、とわたしは親友に言う。すると彼女はこう返す。ほんとに？　なんで？

楽観的な人はグラスには中身が半分あると思う。悲観的な人はグラスは半分空だと思う。化学者はグラスは完全にいっぱいだと思う、半分は液体で半分は気体、どちらもおそらく有毒だろう。

大学院が始まったときのこと、安全管理者がわたしたちに、化学研究室で作業していると寿命が五年縮まる可能性があると警告する。肺にとどまったままになるものもあるからね、と彼は言う。たとえば、シリカとか。

まあいいけど。どっちにしろ、長生きしたってしかたないしね？

ホテルにはキッチンがないので、わたしたちはやたらとグラノラバーを食べている。

食品のパッケージに、化学物質不使用《ケミカルーフリー》と記載されているのがわたしには理解できない。わたしはすぐさま憤慨する。あらゆるものが化学物質でできてるのよ。何かがケミカルーフリーだということは、このパッケージのなかはまったくの真空だってことになる。

なんで真空にこれだけのお金を払うのよ？

それと、グラノラがどのくらいなら多すぎなの？

毒と薬の唯一の違いは摂取量だ。水をあまりに大量に飲めば、死んでしまう。水を吸い込んでも、同様に死んでしまう。


ドイリーのあるホテルで、わたしたちは必ずしもいつもの自分でいられるわけではない。ある夜、エリックがベッドで身を乗り出してきて、君が欲しい、と言う。彼の声はちょっとかすれている。彼が上になり、すると犬がベッドに飛び上がって彼を後ろからぺろぺろ舐める。わたしたちは笑う、わたしたちったら、すっかり錆びついてる。ことをやりやすくするために、わたしたちは犬をバスルームに連れていって、待っててねと頼む。

たちまち蘇ってくるものがある。「ディア・プルーデンス」でエリックが好きなところ。

曲全体を通して、どんどん高まっていくところ。

ギターパートがほんとうにきれいだし、ベースパートも。

ポール・マッカートニーのベースがすばらしい。

すごく型破りだ。

ずばぬけてる。

最初からの漠然とした情動反応。

それにビート、最初はすごくシンプルなんだけど、最後はびっくりするほどワイルド。

そのあと、わたしは明かりを消したまま、彼に「ホワイト・アルバム」全曲をかけさせてあげる。

ずっと昔、化学者は化学反応実験の際に手でかき回していた。これはまったくの文字通りにってこと。彼らは容器に指を一本突っ込んで出来具合を確かめていた。かつて、良い化学者は指の数で見分けられた——少なければ少ないほど良い化学者だ。研究室でより経験を積んでいるということを示していたのだ。

エリックは指は十本ぜんぶあるし、足の指も十本ぜんぶある。きっとあまり良い化学者じゃないんだね、と冗談を言うと、彼は屈託のない笑い声をあげる。でもそれから、採用通知が届く。オハイオ州オーバリン大学のものもある。彼はドイリーをわたしの頭にのせると部屋じゅうぐるぐる躍らせる。

もとのアパートへ戻ったとたん、彼はまた最初の問いを投げかける。はいって言ってよ。

そうしたい。

彼は二番目の問いを投げる。僕といっしょに来て。

そうしたい。

なら、はいって言ってくれよ。

そうしたいってだけでじゅうぶんじゃないの？

わたしは十二歳で、みじめだ。その年わたしはいつもみじめだ。なにしろ八か月のあいだ、母が父の枕の下にナイフを隠し、わたしがそれをもとに戻さなくてはならないからだ。母はしょっちゅう何も書かれていない紙を父に押しつけて離婚を求める。父はその紙をくしゃくしゃにすると母の頭に投げつける。

後部座席に座ったわたしは、父がアクセルを踏み込んで時速一八〇キロに加速すると恐れおののく。わたしたちはバーベキューに向かっている。幹線道路を走っている。これまでの口論‥あんたはバカだ。お前は頭のおかしい人間だ。自分一人でここまで来れたと思ってるの？　誰が請求書の支払いを、家賃の支払いをしてる？　誰がこの車を買った？

十年越しの口論だ。

たちまち母はシートベルトを外すと、わたしにもそうしろと命じる。

あたしたちは降りるからね、と母は言う。お父さんの言ったこと、聞いたでしょ。お父さんはね、もうあたしたちなんか要らないんだって。今ではぜんぶ自分が払ってるんだから。

わたしが何も言わないと、母は数えはじめる。

わたしは憤懣がどんな音をたてるか知ってる気がする。母が三つまで数えながら車のドアハンドルをカチャカチャいわせている音だ。

だけど、それでどんな気分になりましたか、と精神科医が訊ねる、そして、今はそのことをどう思いますか？

極度の、極度の恐怖に襲われると、脳にアドレナリンがあふれて、その恐怖しか感じない。それから、逃走反応が作動する。でも、どこに逃げられただろう？　走る車から飛び出したら、まず首が折れる。それから体が車輪の下に引きずり込まれる。

今の思いはあのときの思いと同じです。いい気分じゃありません。かなりひどいです。

研究によると、極度に脅かされると人間は超人的な力を発揮して車を持ち上げられたりする。

わたしにはそんな能力は生じなかった。

母が数えおわるまえに、父は速度を落とす。警察の車に追跡されているのだ。


エリックはこれまでジョギングなんてしたことなかった。家でわたしと過ごす時間をできるだけ少なくするためじゃないかと思う。外は暖かく、川沿いはジョギングする人たちでいっぱいだ。でもジーンズに防水ブーツという格好でやってるのはエリックだけだ。


探索に永遠の時を過ごすなら海か宇宙かどっちがいい？　研究室でひどい一日を過ごした彼への、わたしの質問。彼は疲れ切って帰ってくる。彼は自分の椅子にへたりこむ。何を訊いてもため息をつくから、しゃべらせようとバカげた質問をひねり出す。

彼は宇宙と答える、地球から遠く離れているから。

わたしは海、すくなくともまだ地球だから。それに、海にいるいろんな生物のことを考えてよ。

ネッシーとかモービーディックとかを見つけ出して、お金持ちになれる。

それに、とわたしは彼に思い出させる、宇宙にいるのってたぶん研究室にいるのとすごく似た気分なんじゃないかな。どこまで行っても誰もいない。周囲は完全に無菌。

だけどね、とわたしは付け加える、もしあなたが宇宙へ行くなら、わたしも行く。宇宙、それは最後のフロンティア、とわたしはなるべくスポックっぽい声で言う。


この瞬間をわたしはずっと予期していたんじゃなかった？　なのになぜ、やっぱり息ができなくなってしまうんだろう？

彼がたった今言ったのだ。しばらくべつべつでいるのも、そんなに悪くないんじゃないかな。たぶん、彼がこんなにさりげなく言いだすなんて、わたしは考えたこともなかったのだ、こんなに一語、一語、しかも食料品店の青果物コーナーで。

それって質問なの？　とわたしは彼に訊く。

だけど彼は頑としてわたしと目を合わせない。

彼はむこうを向く。

彼は林檎を一ダース袋に放りこむ。


シカ用の矢はきれいに突き抜けるのではなく、六、七センチ突き刺さってそこでとまるように作られている。最初、シカは過度の痛みは感じない。それから、シカが走るにつれて剃刀のように鋭い刃が周囲の組織に食いこむ。これによって出血が起こり、ついには、シカは失血死する。

引用：現実は幻影にすぎない、非常にしつこい幻影ではあるが。

わたしは言った。わたしはちゃんと言った、彼について宇宙へ行くと。そしてあの申し出は依然として有効だ。でもわたしはオハイオとは言わなかった。

相手が善良で分別があって優しいのに、ついていくのを恐れる？　それってなんかの恐怖症？　愚かしさ？


この街を離れるまえに、彼はジャズクラブに行きたがる。

どの？

ライルズ。

でも、あそこはほんの二区画先じゃない。

だけどあそこがいいんだと彼は言う。

わたしたちは輝くネオンサインに向かって歩いていく。彼は細身のグレーのブレザー、わたしはきつすぎる黒のドレス。あれだけ食べたり飲んだりしたんだから。でも、わたしは自分に言い聞かせる。体重なんて重力の産物に過ぎない。これが月面にあるジャズクラブなら、わたしの体重はもっと軽い。

このデートでは、キスもなければ手を握り合うのも、これはデートだと言うのもなし。彼はこれを遠征と呼んでわたしをからかう。どうしてこれまでライルズに来なかったんだろうね、と彼は言う。

たぶん、たった二区画しか離れていないからじゃないの。

わたしがジャズのことで知っているのはルイ・アームストロングだけ。

それから始めれば、と彼は言う。さて、彼が演奏してた楽器はなんだ？

トランペットじゃないかな、と答えると、笑顔のご褒美をもらう。

わたしたちはプラシ天の椅子にすわる。ベース、トランペット、ドラムセットが見え、部屋の中央では黒ずくめのグループが体を揺すっている。わたしは背中をまっすぐ伸ばして板みたいにしてすわっている。集中していないと、眠りこんでしまうだろう、交響楽で何度もやったみたいに、目を覚ましたらすべて聴き逃していたということになる。アンコールを求める拍手。アンコール。

今ちょうど流れているのは「この素晴らしき世界」。そしてつぎは「キャラバン」、でもすぐにバンドは名前のないのを演奏しはじめ、それが長く続く。みんな立ち上がっていて、エリックも立っている。でも演奏されているのは何？　この歌はなんていうの？　わたしは拍手しながらも、遅かれ早かれ誰かがへまをやるだろうと考える。

マイルス・デイヴィス：失敗を恐れるな、そんなものは存在しない。

ルイ・アームストロング：なあ、そんなこと訊いてるようじゃ、一生わからんだろうな（ジャズとは何ですか、と言う質問に対する答え）。

その夜遅く、エリックはわたしに素晴らしい事実を教えてくれる。彼は何杯か飲んでいる。彼はわたしに顔を寄せてくる。素晴らしい事実：ドラマーは新しいシンバルを埋め、早く古びさせて金属に土臭い響きが出るようにする。キーンじゃなくてジャーン。

彼が土臭いと言うと、わたしはくすくす笑う。

語呂合わせね、とわたしは言う。

語呂合わせって何が？　と彼は訊ねる。

絆を断つにはエネルギーが要る。これは熱力学の基本的法則だ。

わたしたちは川沿いを歩く、腕組みをして（わたし）、両手をポケットに入れて（彼）。

この川は汚染がひどいね、とわたしは言う。

体に気を付けてね、と彼は言う。

ここではいつも、大学生たちが飛びこんでいる。

一日三食だよ、それにワインはときどき一杯。

成功するのは十人に一人。他の九人は恐慌をきたして岸辺へ泳ぐの。

僕が言ったこと聞いてたの？

うん。一日三食ワイン付きで。

荷造り開始。彼が秋から始めるなら、研究室の準備のために初夏に発たなくてはならない。犬は半狂乱になりながらも戦略的だ。エリックの靴の上に座りこんで、荷物に詰められないようにする。服の上に座りこんで、エリックがたためないようにする。旅行鞄のなかに座りこんで、エリックが鞄を閉じられないようにする。わたしが犬を美味しいもの——汁気たっぷりの大きな髄骨、ビーフジャーキー、バニラアイス二すくい——で釣ってどかせようとしても、犬は来ない。

荷造りは何日もかかる。

わたしたちは犬がおしっこしたところをきれいにする。犬はエリックのネクタイ数本にもおしっこをひっかける。わたしたちはネクタイをクリーニング店に持っていき、電話がかかってくるのを待つ。わたしたちは犬がウンコしたところをきれいにする。犬はエリックのいちばん上等のスーツ一面にウンコする。わたしたちはこのスーツをクリーニング店に持っていって、電話がかかってくるのを待つ。

お宅の犬はどうかしたんですか？ と彼らは訊ねる。

意図的失禁です。

犬が万策尽きると、わたしたちは荷造りを終える。

でもまだだ。

門のところで、犬は芸当のレパートリーを片っ端からやってみせる——座って、寝転んで、這って、死んだふりして、寝返りをうって、ハイタッチして、座って、寝転んで、這って、死んだふりして、寝返りをうって、ハイタッチ。わたしは犬に、頼むから堂々としていて、と話しかける、だけど、こんな命令はまだ教えていない。

　ドッグ、とエリックは言って、かがみこんで犬の耳をかいてやる。マン、と犬は答えて、長い遠吠えを発する。ファリード眉毛《ブラウズ》（本来はファロウド・ブラウズ、眉間に縦じわ）、どちらもが。

　失意の犬は毛が抜けるようになり、今やわたしはコロコロを持って犬を追いかけまわさなくてはならない。

　やれないことはないいんです、とわたしは精神科医に話す、一晩かけて車でオーバリンへぶっ飛ばすくらい。

　だけどそれは愛ではないでしょ、と彼女は言う。それはあなた自身の悪魔と向き合うことへの恐れです。

　わたしには悪魔なんていません、とわたしは答える。わたしには学生たちと犬がいます。でも夜になると、なかに何かいるかもしれないと怖くなって、クローゼットをぜんぶ閉めてしまうんです。ダークマターじゃないかと思います。

　親友に、彼は行ってしまい、わたしは行かせたと話す。彼は、電話しないようにするつもりだと言っていた。

　あなたはどうするつもりなの？　彼女は訊ねる。

　くよくよしない。前へ進む。

　本当はどうするつもりなの？

スプーンを見つめる。

わたしは数学の生徒に話す。わたしと犬とで二人、そして点が二つあると線ができる。

ドクター・フーが線について言ったことを思い出して。ぜんぜん面白くないけど。

形を作るには三つ以上の点が要る。あらゆる形のなかで最強なのが三角形。幾何学を考えるなら三角形を考えて。ピタゴラスという名で誰もが知っている定理は三角形に関する定理よ。

もし時間を遡れるなら、わたしは反響しないアパートを設計する。そもそも音が反響できないようにしてしまう。

わたしが夜眠れないのは、反響音とダークマターのせいだ。

もし時間を遡れるなら、わたしは眠りに眠る。

だけどホーキングは、なぜタイムトラベルが不可能なのか、とても簡単に説明している：過去の人間が現れたことはないし、未来の人間が戻ってきたこともない。

まえにわたしが化学で、四つの基本的アルカンの順序を覚えるのに使った語呂合わせがある。It was Me Eat Peanut Butter（ピーナツバターを食べちゃったのはわたし）、これはメタン、エタン、プロパン、ブタンを表していた。

とにかくこういうものを容器から食べてちゃだめなんだって気がする。

初めて彼に申し込まれたとき、わたしたちは夜に始まる花火大会に備えて朝の遊歩道にいる。

七月四日の独立記念日だ。わたしたちは毛布とバスケットを持って犬を連れている。彼は指輪を持ってきている、でもわたしはまだそれを知らない。

わたしたちは太陽が沈んで空が輝くのを待つ。わたしはずっと頭を彼の膝にのせている。するとと空が輝く。

彼の態度の変化にわたしは気づくべきだった。彼はわたしみたいに歓声はあげず、空をじっと見つめている。彼はいちばん大きな花火を探し求めている、その下でわたしに指輪を差し出すつもりなのだ。掌にのせてではなく、わたしの目の前に望遠鏡のようにかざすつもりだったとあとから彼は話す。

これじゃない。

これでもない。

これでもない。

いちばん大きいのは最後にあがる。

ところが、花火を打ち上げていた艀《はしけ》に火が付き、花火大会は突然中止になる。

こんなのないよ、と彼は言う。

そしてわたしたちは、まわりでみんなが散っていくなか、ちょっとの間そのままでいる。艀が完全に炎に包まれ、ほかのボートが急いで救援に駆けつけると、艀が爆発するといけないのでわたしたちも避難しなければならない。

また来年来ようよ、とわたしが言うと、それまで待てないと彼は答える。テレビでべつの花火を見ればいい、と言うと、彼は、それもできないと答える。

わけがわからないままでいると、帰りの列車がトンネルに入ったときに彼がわたしの膝に指輪を置く。

第二部

中国の諺によると、三つのことに精通していると世界のどこへいっても怖いものはないという。その三つとは、数学、物理、化学だ。

わたしが教えている、頭はいいけど怠け者の夏期講習の学生数人は、三つぜんぶをできるだけ早く学びたがる。わたしの頭に入っていることを自分たちの頭にも入れたいのだ。そして、わたしが知識をもっと効率よく、チューブを介して流し込んでくれたらいいのに、理想を言えばオンラインでアップロードしてくれたら、と思っている。

量より質です、と、わたしが出した宿題をやるのを拒んだ彼らは言う。

そこでこの学生たちに、わたしは新しい宿題を思いつく。教科書に頭をのせて寝てください、そして明日までに教科書をぜんぶ暗唱できるようになっていたら、あなたたちは天才だって認めます。

もちろん、彼らはやってみる。

怖いものなしって、どういうことですか？　わたしは精神科医に訊ねる。不安がないっていうことですか、それとも不安と互角あるいはそれにまさる勇気を持っているということですか？

勇気のほうですね、と彼女は答える。

で、わたしはどこで勇気を見つけられるんでしょう？


図書館では、わたしが数学の学生に個人指導をしている横を通る女の子たちの歩みが遅くなる。女の子たちは本とか鉛筆とかを落とし、おかげで気が散ってしかたがないので、わたしたちはカフェに移動する。するとそこでも同じようなタイプの女の子たちが現れて、コーヒーのカップを落とし、それからまた列に並んで彼をちらちら見る。

わたしはこんなことにまえから気がついていたのだろうか？　彼の眼の色はアイビーだ。髪は砂色。背は高いけど、それほどすらりとしなやかな感じではない。魅力は感じられる。彼はよく、クールなサングラスに航海をモチーフにした柄のファンキーな短パンという姿でやってくる。

だけど彼はそういう女の子たちを一顧だにしない。

どうして？　とわたしは訊ねる。女の子たちはなかなか気立てが良さそうに見えるのに。

するとわたしは、彼が熱い思いを抱いている女の子について聞かされる。女の子のほうも彼に対して同じ思いなのだけど、ぜったいうまくいかないと言われたらしい。

そんなこと彼女にはわからないんじゃないの、とわたしは言う。

だけど、彼女の言うとおりなんだ、と彼は答える。

そしてわたしは、彼に対して同じ思いを抱いている女の子もまた異常気象地質学《エクストリーム・クライメイト・ジオロジー》の研究をしていて、一年の大半を南極で過ごしているのだと聞かされる。

もう一度言って、とわたしは頼む。

そんな話を聞くのは初めてだ。


多くの科学者が、途中の犠牲なくして進歩はないと信じている。

エリックもこれを信じている。父もこれを信じている。

ふたりともこうした論理に則ったことを言う：最初の人間は食べてはじめてそれが毒であることを知り、そして二番目の人間はそれをその場で見つめていたのだ。

わたしは思い描いてみる。ぞっとする光景だ。ほんとうに見つめていたのだろうか、それとも両腕を振り回しながら村へ駆け戻ったのだろうか？

数学の学生は例の女の子と大学で出会う。二人はくっついたり離れたりしている。彼はまず世界を旅したい。ところが、彼が旅を終えると、彼女は南極に行きたがっている。ここからあの凍てついた場所に行くためにはパワフルな飛行機とか船とかが必要だ。車ではとても無事にたどり着けない。

南の大陸は、早くも一世紀にはその存在が仮説として認められていたが、南極点は一九一一年まで未踏だった。最初に到達したのはノルウェー人のチームだ。一か月後、イギリス人チームが到達した。イギリス人たちは南極点に到達したのは自分たちが最初でなかったことを知ってがっかりした。でもさらに意気阻喪させられたのは、帰路、灯油缶のハンダが割れて燃料が食料一面に漏れ出たことだった。

メンバーのひとりは病気になり、死んだ。

もうひとりは正気を失い、はぐれてしまった。

残った三名は前進した……そして死んだ。イギリス基地まであと一八キロのところで。

わたしはこの話を親友に聞かせる。

全員死んだって、どういうこと？　楽しい話を聞かせてくれるんだとばかり思ってた。

あら、楽しい話だなんて一度も言ってないでしょ。目下のところ、大惨事の話がわたしのお気に入りなの。

ナポレオンの軍隊にも同じことが起こったの、知ってる？　錫のボタンがシベリアの寒さに耐えられなくて割れてしまったの。みんなたちまち凍傷で死んじゃった。

親友はこんなことはどれも面白がってくれない。代わりに彼女はすぐに家から出なさいと言う。出ないなら、わたしが行って自分で引っ張り出すからね。

そんなことできるわけないでしょ。あなた、お腹が大きいんだから。

誰かに行ってもらう。

この感覚はなんだろう？　胸郭の下の小さな痛み。深いところでズキズキする。でもこんなのあり得ない、だって心臓は痛みを感じないのだから、だって心臓組織は疲れを感じることはないのだから。こういうことを感じるには、感覚を伝える神経が必要で、心臓にはそういう神経はない。

　でも不安でしかたがなくて、ネットの医療サイトをあたってみる。

　心臓に痛みを感じるのはどんな原因が考えられる？

　心疾患。

　ほかには？

　癌。

　だけどこんな感覚をどう説明できるだろう。出先で、猫背で赤毛の男の人を見かけると、すぐ後ろまで歩いていってどこへ行くのか確かめたくなる、べつに声をかけるとかするわけじゃなく、ただ好奇心からなんだけど？　たとえば昨日、食料品店の食品の並ぶ通路やフリーザーのところをいっしょに歩きながら、彼は自分のカートに塩とコーヒーとベビーフードを詰めこみ、わたしも自分のカートに塩とコーヒーとベビーフードを詰めこんだ。それから彼のあとについて店を出た。彼が車に食料品を積むのをわたしは見つめた。何かご用ですか？　と彼は訊ね、わたしはあさってのほうへ駆けていった。

　癌だ、きっと癌だ。もしかしたら脳の癌かも。

　わたしは医師たちの優秀さを信じてこの件を考えるのはやめる。すくなくとも、彼らは選択肢を与えてくれる。

今では誰が洗濯物をたたむ？

誰も。

誰が夕食をつくる？

電子レンジが。


夏の最中、父が電話してくる。

やあ、元気か？　は、なし。博士号はどうなってる？　なのだ。取得まであとどのくらいだ？　しばらく博士号のことを話してくれてないじゃないか。どうしてそんなに時間がかかるのか俺にはわからんのだ、お前のやり方はのろすぎる、きっとお前のアドバイザーもそう思っているはずだ。

もっと頑張ってみる。

みるなんて言うな。

すいません。

すいませんなんて言うな。

もっと頑張ります。

それと、父さんのためだなんて言うなよ。自分のためだと言え。自分を鍛錬するんだ。

わかった。

この話のあと、わたしはテレビに戻る。わたしは料理対決の番組を観るようになった。他愛なく観ていられるので面白い。中国系アメリカ人のシェフが、私は両親を喜ばせたくてここに来ました、ときまって言うことに気づく。私は料理ができるし本気で打ち込んでいるんだということを両親に証明したいのです。中国系アメリカ人シェフは、勝つことのほうが多い。

負けたときに、このことで人生の落後者にはなりたくない、と言うのも彼だけだ。

わたしは精神科医に訊ねる。なぜ世間はいまだに女の子に対して科学の分野へ進むことを奨励するんでしょう？　チラシとかコマーシャルとかいたるところで見かけます、そして目にするたびに、目を逸らさずにはいられません。

注意事項にはこう書くべきかも。もしあなたがタマ／勇気《ボールズ》の三つある女の子なら、ならば、どうぞ、どうぞ科学の分野へお進みなさい、あの分野は間違いなくあなたを必要としています。そうじゃないなら、何かほかのものを選びなさい。

化学は長きにわたって男子クラブと呼ばれてきた。そして、そう、これを変える必要があるということは認める、でもどうやって？

科学の素晴らしいところは、世界についてのさまざまな真実を発見していくということだ。

科学の悪いところは、それを発見するのは自分じゃないかもしれないということだ。

運が大きな役割を果たす、でもパスツールは運についてこんなことを言っている：運は準備のできている者に味方する。

わたしが去るまえ、研究室にはもうひとり女の子がいる。博士課程一年目の彼女は、とても感じがよくて快活だ。するとある日、電子レンジの前で彼女が、ドアを叩きつけるように閉めてひどく罵るのをわたしは目撃する。アドバイザーが彼女に最後通告を突きつけたのだ：結果を出さなければ、クビだ。この期限に間に合わせようとした彼女のデータでっちあげがすぐに発覚する。彼女は研究室からも全国のあらゆる科学の博士課程からも無期限停学となる。戦争の犠牲者、わたしたちは彼女のことをそう呼ぶ。ふたつに分かれた心の戦いの犠牲者だ。

ときおり、たくさんの人を失望させたような気がすることがある。たとえば父だ。怖い物知らずについての中国の諺、父はしょっちゅうそれを口にする。父は娘が数学か化学か物理以外のものをやっているところを想像できるだろうか？　もしそう訊ねたら、父はきっとできないと答えるだろう。

エンジニアは世界の仕組みを理解していることに誇りを持っている。地球の中心部が熱機関だったらと想像してみよう、月を完璧な球体と考えてみよう。そしてわたしも異議は唱えない。わたしだって世界の仕組みを知るのは好きだ。

ならばなぜ、わたしはまたも科学から離れたのでしょう？　わたしは精神科医に訊ねる。わたしは科学が好きじゃなかったから、それともやっていくだけの能力がなかったから？

それはどうでもいいんじゃないですか？　と彼女は言う。あなたに向いてなかったんですよ。それを受け入れて、前へ進みなさい。

犬とわたしは浜辺にいる。今朝目を覚ますと空は晴れ渡り、湿気はなく、すると急に海が見たくなる。そこでわたしたちは電車に乗ってワンダーランドと呼ばれているところへ行く。

犬を泳がせるコツは、犬の大好きなものをはるか水中に投げこんで、犬が追いかけたくてたまらなくなるのを見守るのだ。犬は濡れるのは好きなんだけど、果てしなく広がる水に入っていくのは好きではない。きっとサメが怖いのだろう。犬は砂浜を行ったり来たりする。クンクン鳴く。しまいに水に飛び込んで、浮かぶ。犬用オモチャは救出される。

それからわたしは、それをまた投げる。

エリックと浜辺へ来たとき、わたしはじっと座ってはいられない。寝転がってはいられない。わたしはまだあのビーカーを割ってはいないけど、そのことを考えてはいる。考えながら、浜辺に来てしまったために研究室でやれていないことのリストを砂に書く。

Xを再結晶化

Yを精製

再結晶化を再度行う

精製を再度行う

もう一度やり直し

集積回路は、休暇中のはずだった週にまだ研究室にいた男によって発明された。

そのあとわたしはエリックに言う。浜辺にいると不安になるの。もう浜辺には来れそうもない。するとエリックは砂をひとつまみわたしの顔面に投げる。君はなんにでも不安になるんだね、と彼は答える。

でも今回は、けっこういい感じ。びしょ濡れの犬は必ずわたしのところに戻ってくる。どうやら犬用オモチャは永遠になくなってしまったらしい、犬が海草の束を持って帰ったところをみると。

科学者は他の科学者に好んでこう言う。それはあなたがどんな質問をなさっているかによりますね。

わたしがしている質問は：自分を苦しめているように感じることなく楽しむにはどうすれば？

親友は葉っぱを勧める。最高の芸術家とか音楽家のなかには初めての喜びの経験をハイになっていたゆえであるとする人がいるということを彼女は読んだのだ。といっても、葉っぱとは限らないけれど。ほとんどの場合アンフェタミンなのだが、医師の良心において、彼女はアンフェタミンは勧められないという。

葉っぱなんてどこにあるのよ？　とわたしは訊ねる。

そんなことないでしょ、ただの葉っぱじゃない。

葉っぱ《ウィード》。わたしはその言葉を何度も何度も口にする。でもひどく奇妙に響く。つい冠詞をつけたくなる。でなければ、ウィードと言うときに、ウィーズと複数形にしたくなる（草は複数形にするが、マリファナの場合はしない）。ねえヤクの売人さん、今日はウィーズ売ってもらえるかしら？
まあいいか、と彼女は言う。アルコールでやっていきなさい。

面白いことをすると非常なストレスを覚えるのには、もうひとつの理由がある。

わたしが十歳、十一歳、十二歳のときのこと。わたしは中学校時代を乗り切ろうと頑張っている、でもつらい時期だ。わたしは絶えず笑いものにされている。学校で唯一のアジア人、といってももうひとりアジア人の子はいるけど、彼は養子になっていて、その論理にしがみついている——僕は彼女とは違う、あんなキモいやつとは。僕は養子になっている、だから数学はぜんぜんだめだ。

今こうして大人となって思うこと…いったいいつからバカであることが長所となったのだろう？　わたしとはまったく違うということを友達に証明するために彼はオールDをとる。Aをとっているのに課外学習をやる女の子、教科書を読んだりノートをとったりするのが好きな女の子とは違うということを証明するために。

時折、母がこの最悪な学校から早めに連れ出してくれることがあり、わたしはじつにありがたく思う。母は先生に、娘は医者の予約がありまして、と告げる。これは信じてもらえる、わたしは年のわりに小柄で、痩せこけているから。車のなかで、母はわたしにこれから楽しいところへ行くのだと言う。

わたしたちは車で、ピンコニングの、古くさいバンパー・カーやメリーゴーランドがあるディア・エイカーズ・ファンパークへ行く。

わたしたちは車で、フリントの、蒸気機関車や外輪船のあるクロスロード・ヴィレッジへ行く。母はひとつのお楽しみからつぎのお楽しみへと飛びまわるわたしについてくる。わたしが楽しむのを見ている、でもけっして自分もやろうとはしない。母はわたしにポップコーンを買ってくれる、でも自分はけっして食べない。ときおりにこっとするけれど、わたしの記憶にあるあれは微笑みだろうか、それとも母は日差しに顔をしかめたのだろうか？

それから母の運転する車で家に帰る。

Deadpan《デッドパン》という言葉をのちに高校に入ってから覚えた。滑稽な状況のなかなのに落ち着きはらった態度でいることを示す、平然とした一本調子な声音のことだ。幸せではない母兼妻が子供に対して使いそうな声音だ。

母は楽しかったかと訊ね、わたしは頷く。母は我が家の私道に車を乗り入れ、わたしに降りなさいと言う。

降りなさいって、どういうことですか？　と精神科医が訊ねる。

つまり、母はそのあと車をバックさせると、行ってしまうんです。

行ってしまうって、どういうことですか？

つまり、モーテルに行くんです。

それから？

それから、一週間後に戻ってきます。

わたしがピアノをやめる年、二つのことが起こる。

一：演奏の最中、手が汗ばみはじめ、鍵盤がうまく叩けない。手を交差させるのも、トリルも、三連符二回も。ページをめくるのでさえも。それからわたしは同じページから進めなくなる、ピアノソナタ第五番ト長調の三ページ目、リピート記号のところから延々と繰り返して演奏が終わる。

二：変ロ音の鍵盤の音が出ない。叩いても叩いても何の音もしない。鍵盤が壊れているのだ。

それからわたしは五百人の聴衆の前で片手を挙げて言う。もうやめてもいいですか？

舞台負けのことを上がるというパフォーマーもいる、精神的な真空のなかへ上がっていく、みたいな感じで。

だけどこれはどちらかというと、落っこちて舗道に叩きつけられるという感じだ。

両親はわたしの発表会にはいつも来ない。

もちろん、とピアノの先生は答える。もうやめてもいいですよ。そしてわたしは二度と彼女の顔を見ることはない。

わたしが九か月のときにいつも片手を挙げていたというのはほんとうかもしれない。今なお、常に礼儀正しくするというのはほとんど本能となっている。たとえば今も、このバーで、わたしは十二回も手を挙げては頼んでいる。もう一杯もらえます？　もう一杯もらえる？　もう一杯？　飲み物が言葉を返しはじめると（わたしには気をつけなさい、わたしはね、強い酒と暗い思いでいっぱいなんだから)、わたしはバーテンダーに告げ、バーテンダーからもう帰ってくれと言われる。

酔っ払いが街灯柱へと向かう軌跡は、確率の典型的なモデルだ。等しい確率で、彼女は左へ、あるいは右へ、あるいは前へ、あるいは後ろへ一歩踏み出す。このような歩行パターンは、博戯《ばくぎ》の長さや塵粒子の動きや原子炉における中性子の拡散など多くのことをモデル化するのに使われている。

この街灯柱へと向かう途上で、わたしはエリックに電話する。彼は電話に出る。すぐさま出る。でも、わたしが由々しい危険に陥っているわけではないとわかると、僕は走らなくちゃならないんだ、と言う。

走るってどこへ? もうオハイオにいるじゃない。

彼は答える。電話はたまににしておこうよ、メールならいつでもってことでさ。

わたしは哀れっぽい口調にならないよう努めながらこう言う:もうちょっと切らないでいてくれる? 我慢しようとしてるけどだめ。何も言わなくていいの。ほんと、何も言わないで。ただ、わたしが家まで歩いて帰るのを聞いててよ、わたしはあなたが家まで歩いて帰るのを聞いてるから、そして家に着いたら、二人で切ったらいいでしょ。

でも彼はとっくに切ってしまっている。

そのあと、親友はわたしのことを信じられないと言う。彼に電話しておきながら、戻ってきてって言わなかったの?

忘れてた。

たとえ結婚式の日を迎えたとしても、わたしはあの通路を進むことなんかできない。わたしに注がれるあの目、一人につき二つずつの。するとエリックが言った冗談は、僕は通路を歩いていって、君はその場につっ立ったままでいるんだね、だった。

だけどわたしはそれもできない。

完全に静止した分子なんてありえない。固体のなかでさえ、分子は動きつづけているのだ。


もうひとつ。

母と車でベイ・カウンティー・フェアへ行く。わたしには初めての本格的な遊園地で、サンドストームとかジッパーといった絶叫系の乗り物がある。

ジッパーの外には、「心臓の弱い方にはお勧めできません」という注意書きがあり、その下にはもうひとつ注意書きがある――「冗談ではありません。心臓に問題のある方は乗らないでください」。わたしは乗るのに必要な最低身長をかろうじて超えている。愚かな子供の常として、わたしは自分の心臓は強いと思いこんでいる。

遊具は二分半、極限までクルクル回り、わたしはノンストップで回転する自在に動くケージに入っている。眩暈がして、頭がくらくらし、視野がひどくぼやけてにじんだ閃光しか見えない。

私道で父を待っているときのわたしの気分もそれだ。父はわたしを見ると、眉をひそめる。いっしょに家のなかに入ると、父は物を投げる。

あなたに向かって？　と精神科医が訊ねる。

壁に向かって、テレビに向かって。一度、テレビを持ち上げようとしたことがあったけど、思い直しました。テレビは高いし、それになかの陰極線管を壊してしまうのはあまりにもったいないし。

わたしは自分の心臓が強いと思い込んでいた、でも、それほど強くはなかった。


赤ちゃんが生まれた？　赤ちゃんが生まれた。赤ちゃんが生まれたんだ！


初めてのあまり夏らしくない午後、やってきた親友は彼女をわたしの腕のなかに置く。すごくちっちゃい、とわたしは言う。だけど、頭は不釣り合いに大きい。

わたしはその頭にそっと触れる。わたしは指さす：ここが言語を司るあなたの側頭葉。ここが思考を司るあなたの前頭葉。ここが記憶を司るあなたの海馬。どれもまっさらで活発よ。

赤ちゃんは黒髪に黒い目で肌は白い。木炭で描いたように見える。

あなたの脳はくたびれちゃったのね、とわたしは、しまいに眠ってしまった赤ちゃんに話しかける。

さて、どうしたらいいかしら？　親友に訊ねると、彼女も眠りかけている。

ちょっとのあいだここで横にならせて、と彼女はつぶやき、ゆっくりと床に崩れる。

犬が赤ちゃんをくんくん嗅いで、問題ないと判断を下す。両方とも外へ連れていくことにする。

ほら、とわたしは話しかける。お日様に、芝生に、新鮮な空気よ——そのうちどれも当たり前に思うようになって、それからね、赤ちゃんを腕に抱いたときに再発見するの。

どのくらいになるんですか？　通りの向かい側から女の人が訊ねる。

はっきりとはわからないんです。でも、二・四か月と数時間だと思います。

わたしたちは三つの公園に行く。ノンストップで歩く、でないと彼女は泣く。赤ちゃんは動くのが好きだ、とりわけ、速い速度で動くのが。そこでわたしたちはブランコに乗る。彼女は片目を開けて、強い疑いの目でわたしを見つめる。この仕掛けは何？　わたしの手のなかの小さなキュクロプスは、声を出さずに訊ねる。

これは単純な調和振動子、とわたしは答える、振り子よ。周期運動をするの。

ワーーーイ、というのが彼女の側頭葉が発したかった言葉ではないかと思う。

わたしの新しい趣味は、この赤ちゃんに世界について教えることだ。あらゆることを書きだしてみよう。それとも彼女の耳にささやくとか。今でもスーパーモデルになってもらいたいと思ってはいる、でもできれば、天才のモデルがいいな。

戻ると、親友は起きている、だけど一言ごとにあくびする。

夫が最近昇進したのだという。以前よりいろんな〆切が増えて、夜遅くなることも増えた。夫婦はいったいどうやってやりくりしているのだろう？　二人は交代制をとることにした。彼女が母親をやっているあいだに彼が眠る。彼が父親をやっているあいだに彼女が眠る。でも、仕事で後れをとらないよう、夫は極めて有能でもあらねばならない。彼は夜、赤ん坊を揺すって寝かしつけながらアジアへ仕事の電話をかけている、と彼女は話す。

彼女はちゃんと寝ているのだろうか？

あんまり寝ていない。

どこかの時点でこのことを知って、すごいと考えたことを思い出す。子宮にいるあいだ、赤ん坊は水生動物だ。生まれるまで四十週、水でいっぱいの袋のなかで暮らして、そして眠る。

波の音を流してみたらどうだろう？　子宮のなかと似てるんじゃないかしら？

親友は、やってみたことがないと言う。わたしたちはやってみる、海の音をググって。でも赤ちゃんは海にも波にも無反応だ。彼女はコンピューターの光が気に入る、わたしたちのどちらかがキーを打つ音を気に入る。

二人が帰るまえに、赤ちゃんにあの愉快なしぐさで頭をひょいと動かしてもらおうと、わたしは両腕をばたばた上下させる。

わたしはC・S・ルイスのアドバイスに戻る：
何を愛しても、心はかきむしられ、おそらく傷つくことだろう。心を確実に無傷にしておきたいなら、誰にも心を与えてはならない。動物でさえいけない。趣味やちょっとした贅沢で注意深くくるんで、あらゆる関りを避けなさい。利己主義という宝石箱あるいは棺桶に入れて鍵をかけて安全にしまっておきなさい。だが、安全で、暗く、動きがなく、風通しの悪いその箱のなかで、心は変化する。心は傷つくことはない。壊れることのない、頑迷で救いようのないものとなるのだ。

わたしは自分の心にこんなことはひとつも起こってほしくない。

だから、箱から抜け出して、どこかほかへ行く。

葉っぱのぞき《リーフ・ピーピング》と呼んでいる行事。

毎年九月になると、エリックとわたしは車でニューハンプシャーまで群がった葉っぱを見にいく。それからベッド・アンド・ブレックファストを見つけて、泊まって朝飯を食べる。それからいちばん高い山を見つけてハイキングする。

今年、わたしは誰にも言わずに出かける。二番目に高い山へハイキングに行き、犬は先を進む。

エリックは通り過ぎる木の一本一本に、のぞい《ピープド》たぞ、と声をかけていた。そしてわたしはのぞけ《ピープ》、のぞけと言いながら通り抜ける。まだみずみずしく緑のままの木を、わたしたちはラ・レジスタンスと呼んだ。

今年は、ラ・レジスタンスは真っ盛りだ。夏はやや暑かったし、今は暖かい秋だ。犬がまず頂上に着き、わたしはまだ八百メートル後れている。でも、犬は一定の間隔をあけて吠えてわたしを誘導してくれる。

二番目に高い山のほうが、いちばん高い山よりも眺めがいいことにわたしは気づく。これまで気がつかなかった湖が遠くにある。

標高が高くなると、空気の薄さを補おうと体はより多くの赤血球を作り出す。高地トレーニングをやる運動選手はこのことによって競争力を高めるし、このせいで活力が高まった気分になるハイカーもいる。

この高所でわたしは、目は冴えているけどとくに活力が高まった気はしない。一方犬のほうはぐるぐる輪を描いて走っている。

旅行に出たときに一度、エリックとわたしは道に迷う。印のついた木をたどっていたのに、印がなくなって、太陽があっと言う間に沈んでいく。

見て、わたしたちパニックになってる。森は湿った木の葉と白カビのにおいがする。もう彼の顔や犬の顔が細かいところまで見えない、でもふたりともわたしの横であえいでいるのは聞こえる。わたしたちはあちらへ行ったりこちらへ行ったりする。

北はどっちだっけ？　エリックはそう訊いてばかり。修辞疑問だ。

わたしは空に目をやる。わたしはいつもオリオン座の三つの星を見つけることができる。だけど、北斗七星も小びしゃくも見つけたためしがない。北極星は見つけたことがない。星の光は何年も何年もかかってわたしたちのところへ届く。わたしたちが見ているのは、過去の星なのだ。もしかしたらその星がなくなっていることだってあり得る。

しまいに、わたしたちは川に出る。川のむこうは幹線道路で車が走っているのが見える。渡らなきゃ、とわたしたちは言い、犬はそうする。渡らなきゃ、とわたしたちは言い、その場から少しも動かない。犬はすでに向こう岸にいて、わたしたちはついに荷物をぜんぶ持って凍るような川に入っていく。水はわたしの腰までくる。岩は見た目よりも滑りやすい。

一年後、彼が言う。あの日は、君に捨てられると思ったよ。

あなたを捨てる？　どうして？

君に川を歩いて渡らせたから。

そんなの気にしてなかったのに。

わかってる。あのとき、僕たちはうまくやっていけると思ったんだ。


ベッド・アンド・ブレックファストの代わりに、わたしはモーテルを見つける。朝食をひとりで食べる必要ないよね？　と思ったのだ。他人様に余分な話の種を提供する必要ないよね？

中国語で困るのが、同音異義語がやたら多いことだ。母を表す言葉と馬を表す言葉がすぐごっちゃになってしまう。母を表す言葉と叱るを意味する動詞とが。それに二文字の同音異義語がある。わたしが幼かったころ口にした言葉に、母は笑い出したものだった。

あんたは今、掛け布団の代わりにコーヒーカップって言ったよ。モーテルの代わりに氷の棺桶って。

ところが、モーテルの部屋のなかには氷の棺桶だと判明するものがある。たとえばこの部屋だ。ヒーターは壊れている、毛布は薄い。夜になると、気温は一〇度以下になる。

あの人はこんなことどうやってやってのけたのだろう？　わたしは考える。こんなところへ来て、七日間続けて滞在する。食事はしたのだろうか？　それともそのあいだずっと眠っていたのだろうか？

熊は冬眠中に出産する。とつぜん目が覚めたら母親になっているというのはきっとさぞ奇妙な気分だろう。でも、母熊がショックから子を置いて行ってしまったという実例はない。母がわたしを育てながら、ショックの一瞬を経験しているということはあり得る。どうしてわたしはここにいるんだろう？　わたしは何をやってるんだろう？　娘だって？　きっと思い違いよ。

遊園地のことを初めてエリックに話すと、彼は言う。君のお母さんってひどい人だね。誰が子供にそんなことする？

するとわたしは両手をあげて答える。ちがう、ちがう、ちがう、ひどい人間なんかじゃない。わたしはショック理論を説明する。ときおり母は、わたしがそこにいることに気づいてショックを受けることがあったのだ。そして、わたしが思うに、衝動的にその場を去ったのだ。

だけどそんなの言い訳にならない、と彼は言う。

わたしは苦労して自分の考えていることをエリックにわかってもらおうとする。

もしうちの母親が僕にそんなことしていたら、と彼は言う、僕は長いあいだ母を憎んでいただろうな。

精神科医からも同じく、お母さんに腹が立たないかと訊ねられ、論理的に考えたら腹が立って当然だとわたしは思う。もしも誰かが現れてわたしを誘拐していたら？　それに、母は父にメモを残しておこうと思ったことはなかったのだろうか、もう戻ってこないと決心した場合に備えて？

両親のどちらかひとりが出ていかなくちゃならないなら、それは父親にしておこう。父親がいないほうが普通だし、それに不在の父親は必ずしもひどい人間だとは限らないし。

エリックがこういうことをすべて知るようになるまえに、彼はわたしをシックス・フラッグズ遊園地へ連れていってくれる。驚かせて喜ばせるつもりで。わたしは例の論文を発表したところ。お祝いするのにこれ以上の方法があるだろうか、と彼は考える、子供時代の彼が大好きだったことをしよう、と。きっとわたしも楽しんでくれるだろうと期待して。ウィキッド・サイクロン、ザ・グレート・チェイス、マインド・イレイザーといった遊具。ところが、車がゲートに近づいていってどこに向かっているのか悟るや、わたしは彼に、車を路肩で停めてと頼む、嘔吐しそうだから、と。

わたしが冗談を言っているのだと彼は思う。彼は車を停めない。

すると、声もたてずに、わたしは自分の両手のなかに嘔吐する。そして彼はこれを見て慌てふためき、車の速度をあげ、わたしは両手のなかの液体をこぼすまいと努める。

氷の棺桶から戻ってみると、街も冷えこんでいる。隣人たちはそのことで不満顔だ。今や、今年は秋がうんと短くてそのあとは長い死の季節が待ち構えている、という話ばかりだ。

わたしがいなかったあいだに、親友はわたしのためにオンライン・デート用のプロフィルを作成してくれている。

デートだなんてぜったい考えちゃだめよ、と彼女は言う。もう一度世の中に戻ると考えなさい、そしてそうするなかで、いっしょにご飯も食べてくれる男の人たちと出会うんだってね。

誰もが食べなくちゃならないんだから、と彼女は言い、わたしは反対はしない。それに、彼女はわたしの体型をほっそりしていると、そして目の色を黒褐色だと言ってくれている。だってこのごろは、茶色の目の人なんていないでしょ？　と彼女は言う。
答えてね、と彼女から言われている質問：

あなたの典型的な金曜の夜は：
家にいて、映画を観て、自分と議論する。

あなたにとって完璧な週末の朝は：
目を覚まし、時間は止まり、自分との議論に決着をつける。

ほら、わたしの目を見てください、とそのあとわたしは免許センターの受付係に向かって言っている。わたしの目は暗褐色か濃褐色か暗灰色、でもぜったい茶色じゃありません。

わたしが行っている議論：
ポップコーン、ポップコーンなし、ポップコーン、ポップコーンなし。ポップコーン。
わたしはだいじょうぶ、あなたは沈んでる、わたしはだいじょうぶ、あなたは混乱して傷ついてもうめちゃくちゃでぜったいだいじょうぶじゃない。

今ごろはすべての答えが得られているだろうと思っていたこともあった。メッセくださいい、もし……そしてわたしは書く。メッセくださいい、もしロケットがどうやって飛ぶのか知ってたら。

わたしの気体粒子軌道問題は、もっと単純なことに起因しているのかもしれない。英語では、わたしはぱっと左右が識別できない。中国語ならできるのに、英語だと、まず指をLの字形にして、逆向きではなく正しいLになるほうが左というふうにしなければならない。エリックはこれを面白がった。これまた彼にとってはわたしがネイティヴスピーカーでないことの表れだ。彼はわたしにマグカップをとってくれと言う。彼はわざと左のマグカップをとってくれと言う、そうすれば、彼が言ったのがどれか突き止めようと、わたしがオープンキャビネットに向かって両手をL字にするのを眺められるからだ。

次の男はこの小さな障碍を知らないわけだ。わたしはその男の指示なんか気にせず、目に入ったいちばん手近のマグカップを摑むことにしよう。

わたしがもらった答え：

ロケットが宇宙を飛ぶのはそこに重力がないからだ。

ロケットは飛べるし、飛べると信じている、そして何事であれ信じれば、そこそこ確実にそれは実現する。

燃料だよ、当たり前だろ。

これまで付き合った男の数は指二本で足りる。どうやってもう一度やればいいんだろう？　何をしゃべればいい？　親友は言う。まずは自分の名前ね。それから相手にいろいろ質問する、それから相手の答えを使ってさらに質問を浴びせる、それから相手があなたにぶつける質問はすべて相手のほうへ向けなおす。沈んだ顔しちゃだめよ。

でも、向こうが関心を持ってくれてるって、どうやってわかるの？

向こうが現れたら。

でも、向こうが口説こうとしてるってどうしてわかるの？

向こうが現れたら。

非の打ちどころのないファッション・センスの持ち主で、私より身だしなみのいい男だ。ディナーの席でわたしがくしゃみすると、彼はイニシャルが刺しゅうされたハンカチを上着のポケットから取り出す。わたしはハンカチをご遠慮申し上げる。ひとのイニシャルに向かってくしゃみしたくはない。

ある男は、すぐさまずばっと、あなたも気楽な関係を求めているんですか、と訊ねる。そうじゃないなら、忘れてください。

映画《ムーヴィー》の話を拒絶する男がいる。ムーヴィーは魂を殺す、と彼は言う。でも、芸術的映画《フィルム》なら……

フィルムについてはほとんど知らないのだとわたしは彼に話す。自分が生まれるまえに作られたものは、わたしは観ない。ＳＦ関連のものは、彼は観ない。

でも、『ガタカ』はどう？　とわたしは訊く。

その言葉が何を意味しているのかさえ知らない、と彼は答える。

わたしはときどきこういうことをやる：男の人との会話のあいだずっと息をとめていて、そして気を失いそうになるのだ。わたしは、四分以上は息をとめていられない。四分経つと、男のおしゃべりを遮ってぜえぜえ喘がなくてはならない。

そのあとは、二度目のデートの話はもはや出ない。

わたしが『ガタカ』で好きなのは、ＳＦについて考えるときに思い浮かべるようなものじゃないところだ。特殊効果はほとんど使われていない。来る日も来る日も研究室で作業している男がいる。彼は遠心分離機が止まるのを待つ。彼はピペットで何かをガラス瓶に入れる。この映画《ムーヴィー》は遠い未来が舞台なのだけれど、科学に関して見掛け倒しは一切ない。その点で、この映画は不朽だ。

リンボにいてさえ、エリックは相変わらず中国語を練習していた。自分のために学んでいるんだ、と彼は言っていたけど、それを親友に話すと、彼女は言った。あらやだ、彼、あなたのために勉強してんのよ。
だけど、わたしはこの事実には無関心な顔をしていた。彼がそのうちほんとうに流暢になったら、それはいったい何を意味するのだろう？　中国語は、いちばん難しいとまでは言わないまでも、習得がもっとも難しい言語のひとつだ。それはつまり、彼がわたしのことをとても大事に思っていたということを意味するのだろう。彼と結婚しないだなんて、わたしはどうかしていたということを意味するのだろう。

毎晩寝るまえに、彼は自分の携帯の語学アプリで勉強する。

今そんなことしなくてもいいのに、とわたしは言う。

これをやると眠りやすいんだ、と彼は答える。

彼が横で中国語を呟いていると、わたしも眠りやすいということは、彼には言わない。

四年のあいだに、彼はたくさんの言葉を覚える。彼は簡単なフレーズが言える——**太陽はこちらです、月はあちらです。ほら、ドアです！**　でも、いっしょにわたしの両親のところへ行くといつも、彼は中国語を話すのを拒む。

二年まえのこと、週末のあいだじゅう彼は両親に向かって英語だけで話し、両親もまた英語だけで返事する。わたしはイライラするなんてもんじゃない。とりわけ母の落ち着かない顔ときたら。母は塩《ソルト》という単語を忘れ、指で指し示さなくてはならない。あれはなんだっけ？　と母は訊ねる。塩《ソルト》。胡椒《ペッパー》。深鍋《ポット》。平鍋《パン》。エリックは母の口調に気がつかず、そのたびに教える。そのあと、わたしの昔の寝室で、わたしたちは声をひそめて喧嘩する。

あなたの家じゃないのよ。ここはうちの親の家でしょ。それに、ここぞってときに使わないんなら、あれだけ中国語を勉強してなんになるのよ？

わたしたちはこの問題をめぐって言い争う。そんなのどうでもいいじゃないか。何大騒ぎしてんだよ。大騒ぎ？　大騒ぎ？　自分がもはや声をひそめて喧嘩してはいないことにわたしは気づく。しまいに彼は、ただそうできなかったんだ、と言う。中国語だと、自分がどういう人間かわかってもらえない、自分のユーモアとかが。制限を受けてる気分になる。

あなたのユーモアなんか知るもんですか。たった今、あなたと親しくなろうとした母がどんな気分だと思う？

そんなの僕とは関係ない。お母さんがここで暮らしてるなら、ここの言葉をしゃべって当然だろ。

彼がそう言うのを聞いたとたん、わたしはいちばん手近にある重いものに手を伸ばす。ステープラーだ。もしかしたら、彼の唇をステープラーで綴じ合わせてもっと制限を受けてる気分にしてやろうと思っていたのかもしれない。

落ち葉をかき集める作業はうんざりする。

そこでわたしは隣家の男の子を雇ってやってもらうことにした。

ところが、夜通し吹く風は意地悪で、世界じゅうの落ち葉を残らずうちの玄関の踏段に吹き寄せる。

クッキーのなかのおみくじにはこう書いてある：通り道がふさがっていると、もう訪問客は来ないでしょう。

父の季節野菜の畑はうまくいっている。今年は茄子の当たり年だった。父はわたしにそれを知らせる一節だけの電子メールを寄こし、わたしは午後じゅうかけて読もうとする。

中国語の読み方は、漢字数文字の塊を一度に読むのだけれど、わたしにはこれができない。わたしは一度に一文字ずつ、指で画面をなぞりながら読んでいく。三つに一つは知らない言葉なので、調べる。

もうすぐ、ぜんぶ収穫して、一部は友人たちに分けるつもりだ。

すぐに、茄子が三ダース入った小包を受け取る。

この小包に、父がわたしにボストンへ冬瓜を持って帰らせたときのことを思いだす。大きすぎてスーツケースには入らなかったので、抱えて保安検査を通らなければならなかった。係官は冬瓜を見て疑わしそうな顔をし、X線に通さなければならなかった。

園芸の才《グリーン・サム》という言い回しを、父はアメリカで覚える。でも最初その言い回しは父には奇妙に思える。少年時代の父は、畑で長時間働く。父が使っている機械には枝や茎がひっかかる。父は刃のあいだに手を入れて枝を引っ張りださなければならない。父は一瞬遅れる。緑の親指《グリーン・サム》だって？親指なしのほうがあたってるんじゃないか。

三ダースの茄子が届く、一個ずつホイルでくるまれ、丹念に詰められた茄子が。わたしはそれを小さいものから順に大きいものへと一列に並べる。こんなにたくさん食べたら紫になるんじゃないかと心配だ。

そんなことってあり得る？　と親友に訊ねると、うーん、という答えが返ってくる。それから彼女は、人間の体の仕組みってすごく不可思議だからね、でももしほんとに紫になったら、ぜったい教えてね、と言う。彼女にとってはワクワクする日となるに違いない。

彼女の毎日はとても長い。赤ちゃんにお乳を飲ませ、それから赤ちゃんと遊び、それから赤ちゃんにお乳を飲ませ、それから赤ちゃんを寝かせる。

でね、そこで終わりだと思うでしょ、と彼女は言う。

だけど違う、彼女は赤ちゃんが眠るのも見守らなくちゃならないし、とてもいい夢なんだろうなあとわたしたちが思う夢を見ながら瞼を震わせるのも見てなくちゃならない。

母子二人は毎月やってくる。

そしてわたしはいそいそと赤ちゃんを暖かくくるんで、ブランコへ連れていく。

でも戻ってくると、親友はよく、沸騰している鍋の上に顔をかざして蒸気に当てている。彼女は、蒸気は毒や不純な考えを取り去るとどこかで読んだのだ。たとえば、赤ちゃんをほうっておいて泣き寝入りさせればいいとか、赤ちゃんを箱に入れておくとか。彼女は自分を正す：箱ではなく、赤ちゃんが十八歳になって大学へ行けるようになるまで、赤ちゃんの必要とするすべてを満たせるような環境に置く。

彼女いわく、良き母良き妻でいるということは、永久運動機関になるということなのだ。

彼女が最後に夫の顔を見たのは二日まえ。出張だと彼女は思っている。シカゴだっけ？　いつだったか、夫から場所ははっきり聞いたのだけど、彼女はもう忘れている。夫婦はしょっちゅう互いの電話に出られないでいる。

顔が赤らんで腫れぼったいのは蒸気のせいだと彼女は言う。べつのわかりきった要因には気がつかないふりをしてね。

こういう時期はやがては過ぎ去る、と彼女は言う。

有名な化学者のリスト：

アルフレッド・ノーベル
フリッツ・ハーバー
ヴィクトル・グリニャール

ノーベル賞を創設する男はまた、ダイナマイトを発明し、死の商人と呼ばれる男でもある。べつの業績を残そうと、彼はその富を平和賞も含むノーベル賞の創設に使う。この戦略はうまくいっているように思われる。わたしが学生たちにダイナマイトの話をすると、彼らはびっくりする。

フリッツは革命的なプロセスを発明する――窒素と水素からアンモニアを作りだす方法だ。これは簡単で、大規模生産が可能だ。アンモニアからは肥料が作られ、このプロセスは空気からパンができるとたとえられる。だけどフリッツは複雑な人間でもある。近代農業の父と称賛されるだけではじゅうぶんでない。彼は塩素ガスといった化学兵器を使用する戦争の先駆けとなった。数学者から有機化学者に転じたフランス人ヴィクトルの肖像を初めて見たわたしの印象に残るのは、彼の口ひげだ——濃いひげが自転車のハンドルの形に鼻から口の上を覆って外側へ、両頬の向こうへと広がっている。有機化学を学ぶ学生なら誰でも知っていなくてはならない、彼の名を冠した反応がある。第一次世界大戦のあいだ、ドイツ人のフリッツが塩素ガスを開発している一方で、ヴィクトルはフランスのために、はるかに致死性が高くて刈りたての草のにおいがするべつのガス、ホスゲンを作るべく研究を重ねる。

ヴィクトルは一九一二年にノーベル化学賞を受賞する。フリッツは一九一八年に受賞。

科学においては、完璧な再現精度は最高の称賛であるということを思い出してもらいたい。中国語を書く際には、書き順が非常に重要だ。母はわたしに教えようとする——最初に線、それから点、逆じゃだめよ——でもすぐさま母は苛立って諦めてしまう。とはいえ、この手順どおりのやり方は、常に美しい筆跡を生み出す。母の筆跡も。父の筆跡も。中国に帰ると、誰もがこのやり方で書いているのがわかる。

どうしてわたしは、5の書き方で中国人の筆跡だといつもわかるのだろう？　長い鼻がついたエレガントなS。

何年ものあいだ、両親は読み書きを習わせるべく週に一度の中国語学校へわたしを通わせる。わたしはほとんど聞いていない。授業のあいだじゅうしゃべっている。

なんでわたしに中国語が必要なの？

大昔の言葉だよ。難しいし。

けれどもあれは、今以上の知識を身につけるチャンスだったのに、わたしはそれを無駄にしてしまった。

お母さんがここで暮らしてるなら、ここの言葉をしゃべって当然だろ、とエリックは言う。すぐさま彼は謝る。すぐさまわたしはステープラーを置く。でもわたしは彼が許せない。あなたが言ったことはね、ほかの人たちからも聞かされてきた。だから、あなたから聞かされる必要はない。

ほんとうのところ、わたしは誰を許そうとしているのだろう？　彼が言ったことを、わたし自身も思ったことがある。口に出しさえしたかもしれない。母の英語が下手なのは努力不足のせいではない。母はＥＳＬ（第二言語として英語を学ぶコース）へ通う。読書会に参加する。母は挫折感を抱く——記憶力の良い元薬剤師、でもその記憶力はもはやない。とはいえ、これはどんな気分だったのだろう…高校時代、人前ではいつも、わたしは母の三メートル前を歩く。母が助けを求めると、わたしは聞こえないふりをする。そして、母が近所の人に、うちに豹《パンサー》が三人来ているというと、わたしは恥ずかしくてたまらない。わたしは母の言い間違いを正す。あとになってからやっと、そこにユーモアを見出す。

チン・チャン・チョン、歌を歌ってよ。遊び場の男の子たちがわたしを嘲る。その週、わたしは中国語学校をサボる。

チン・チャン・チョン、一晩ずっと。教室の男の子たちがわたしを嘲る。その月、わたしは中国語学校をサボる。

小さなころは誰と遊びましたか？

同じ年頃のいとこはいますか？

そういった質問には答える気にならない、そこで精神科医はもっと簡単な質問をする：今日は何をしましたか？

わたしは犬が自分で自分を追いかけて木のまわりをぐるぐるまわるのを眺めました。犬は自分の尻尾をほかの犬のだと思ったんです。これは進歩じゃないですか？　尾追い行動の進化版みたいな。

さあどうでしょう、と精神科医は言う。

外は、ひどく寒い。息をするのが苦痛だ。気象予報士たちは、この冬はこれまでいちばん寒くなり、雪はただ降るだけではなくわたしたちを生き埋めにしてしまうかもしれないと予測している。

犬を眺めているだけではなく、シチューにしようと茄子を刻む。シチューの作り方は知らないけれど、やってみるつもりだ。あの料理番組でいろんな人が作るのをさんざん見ている。

母がここにいたなら、こう言うだろう。Put eggplant in stew（茄子をシチューにいれなさい）、中国語には冠詞はないから。

口語中国語では、なんでも中性だ。彼女《シー》も彼《ヒー》もない。今このことを考えれば考えるほど、この言葉のこういうところが好きになる。男か女か？　そんなのどうでもいいでしょ？　人間だよ。

マオはかつて女性は天の半分を支えると言った。

わたしには同じ年頃のいとこがひとり、ちゃんといる。彼女は中国育ちだ。わたしが高校を終えて訪ねると、彼女はクールな人間に成長している。

クールという言葉の中国語を、彼女はわたしに教えなくてはならない。

あんたってあんたの親みたいな話し方するね、と彼女は言う。古くさいよ。もちろん、彼女はこれを得意げに言う。彼女には当然のことだ。その先何年もこのことを思い出すといったらそれだし、いまだにかっと熱くなるような恥ずかしさを覚える。

わたしは母方の祖父にいちばん親しみを持っている、といっても、国を出てから会ったことはない。最後に話したのはわたしが十二歳のときで、祖父は死にかけている。明日行くからね、とわたしは言う。心配ないからね、わたしが行くから。

でも、祖父と再会しないうちに——つまり、ビザが下りるのを待って、中国へ飛行機で帰るまえに——死んでしまう。

その同じ月に、もう一方の祖父も死ぬ。

いつもエリックに言ったものだ。あなたはこの距離を当たり前だと思ってる、親戚同士、みんな車で数時間の近いところにいて、ビザも必要ない。

ひとりが移住を決意するまでは、それが一族というものなのだ。

両親は国を離れるときに、戻ってくるのは大変だろうというこの可能性にきっと気づいていたに違いない。

わたしたちが中国に着くころには、葬儀はもう行われている。悲しみに沈んだ母は、いっしょに帰るつもりはないと言う。母親といっしょに中国に残ると。

このことを巡って激しい争いがある、閉じたドアの向こう側でこっそりと。閉じたドアの周囲に見える光は回折の効果だ。光が部屋から漏れ出ようとして、障害物、この場合はドア、そしてわたしの両親を、まわりこもうとしているのだ。わたしは怯えながら、自分のベッドの端に座っている。

これはお前とか俺とかだけのことじゃない、と父は言って、そこで言葉を止める。

わたしにはもう親がひとりしかいない、と母は言う。母は泣く。上海語で何か言う。たぶん、あたしのことだったことなんかないじゃない、みたいな。こんなこともう疲れちゃったんじゃない？　だって、あたしは疲れちゃったもの。母がむせび泣きながらとぎれとぎれにしゃべる声音を寄せ集めるとこんな具合。母はきっとくたくただったに違いない。ようやくドアが開くと、わたしの目の前で、母は数歩歩いて床に崩れる。

母が肩をがっくり落とし、それから膝をつく様子を思い出しただけで、大きな罪悪感がこみあげる。帰りの飛行機で、着陸するときにわたしはもうちょっとで母にこう言いそうになる。お母さんがまた飛行機で戻りたいと思うんなら、わたしはかまわないよ。

なぜお母さんの弁護をするんですか？　と精神科医が訊ねる。お母さんはそんな忠誠心には値しないでしょうに。

だって、母親にだって両親はいるわけでしょ？　だって、母親には子供以外の人生だってあるわけでしょ？

だって、わたしは今でも母に幸せでいてもらいたいんです。

何度となく、母はわたしの顎を持ち上げて言った。あんたが結婚する男よりもあんたのほうが上でなくちゃね。相手の男よりもあんたのほうが成功しなくちゃ。

わたしだって、母をがっかりさせるわけにはいかない。

等式。

幸せ＝現実－期待
もしも、現実＞期待ならば、あなたは幸せです。
もしも、現実＜期待ならば、あなたは幸せではありません。
したがって、期待が低ければ低いほど、あなたは幸せになるでしょう。

この等式を考えた心理学者たちは、そういう結論に達するやお終いにして、警告を発した…何人も期待の低い人生を送るべきではない。失望といった感情もまた経験にとっては重要なのである。


長時間の宇宙旅行がもたらす影響についてはほとんどわかっていない。とはいえ、いちばんの関心事は極度の孤独感だ。

わたしはひとりっ子なの、とわたしはエリックに話す。

付き合い始めたころのこと。わたしたちはまたインターナショナル・ハウス・オブ・パンケークスにいる。わたしはファニー・フェイスというパンケーキを食べ、彼はトーストを食べている。

またも共通項だね、と彼が言う。彼もひとりっ子だ。

だけど、わたしは移民家庭のひとりっ子よ、すると彼は戸惑った表情でわたしを見つめる。

それがどう違うっていうの？

深宇宙を旅しているみたいなの。

その上に化学の博士課程コースを取るのを、いい考えだと思っていただなんてね。つらい経験についてこんなことを言う人もいる：もし過去に戻ってもう一度やれるなら、またやります。

いや、わたしはそんなふうには思わない。

ある新聞記事に、アメリカのエリート校は、理由など訊かずに輪をつぎつぎくぐり抜けていけるような優秀な羊のみを生産するのに長けている、と書いてある。アジア人も同じだ、とべつの記事にある。課題を与えれば、彼らは見事にそれをやってのける。言われたことはなんでもやるが、自分で考えてくれと言うと、できない。彼らもまた、けっして理由は訊ねない。

親友も精神科医も、他人からどう思われるかということをあまり気にしないようにすべきだと言う、だからわたしはそういった記事を読むのをやめている。だけどそれでも、博士課程をやめたけど両親には言っていないのだと話した人から、こんな意見が返ってくる：

一度くらい、親に立ち向かいなさいよ。

親に抵抗するすべを知らないんだ。

親のために生きるわけにはいかないんだよ。親はやがて死ぬ、で、そのあとは？

すくなくとも、親友も精神科医もそんなことは一切言わない。一方は、つらいでしょうねえ。

ご両親には言えるようになったときに言えば、と言ってくれる。もう一方は、ティッシュの箱を渡してくれる。

わたしは優秀な羊だ。

だけど、目下のところ、クモになれるなら何でもあげちゃうのに。必要なときに、外骨格はいったいどこにあるのだ？

『グッドナイト・ムーン』という映画にもまた、泣いてしまう。あの映画はいつもケーブルで放映していて、かかっているのに気がつくと、最後まで観ないではいられない。二人の母親が娘のことを話す最後から二番目のシーンが、いちばん泣ける。一方の母親は癌で死にかけていて、もう一方は継母で誰からも好かれていない。娘は十二で、癌で死にかけてる母親は、結婚する日、娘は実母のことを忘れているんじゃないかと気に病んでいる。継母もまた気に病んでいる。その結婚式の日、娘は継母でなく実母が付き添っていてくれればいいのにと思うんじゃないかと心配なのだ。

母もこの映画を何度も観ている。母は寝室でひとり、ドアをわずかに開けておいて観る。母も最後から二番目のシーンで泣くのだろうか？　母は泣いたことなんかないと言う、でも寝室から出てくる母はティッシュを鼻に当てて、またアレルギーの季節だわ、と言う。

あの映画のどこが好きなんですか？　と精神科医が訊ねる。

どこがってわけじゃないんです。母が好きだから好きなんです。

母のアドバイス：泣くときは体を起こすように。寝たまま泣くと、涙が耳に入って感染症を引き起こすから。

わたしがこれをエリックに教えたら、いったいなんだっていまだにそんなこと信じてるんだよ、と言われた。

そんなことってなによ、とわたしは怒声を発しながら、両の拳を振りかざして脅かしてやりたいと思った。そして、実行した。

なぜ母はこんな忠誠心に値するのだろうか？　値するわけじゃない。でも母はわたしの母親なんだから、値するのだ。


シャワーを浴びて濡れた髪で外へ出たら十秒で髪が凍ったので、冬が来たことを悟る。ボストンの子供たちが寒さを試そうと似たようなことをやる人気動画がある。ただし彼らはジーンズを水に浸けて、そのジーンズを外に出しておき、それから、ジーンズが凍って支えなしでも立つようになるまで十秒待つ。

とうとう親友は子守を雇う、とてもやっていけないからだ、病院で長時間働いて、それから家で長時間だなんて。子守を雇えば心の平安が得られるだろうと彼女は考える。ところが、彼女は職場で絶えず、子守はちゃんと役目を果たしているかしら、うちのテレビで映画を観てるだけなんじゃないかしら、と気になる。

子守は若くて、彼女は一瞬、よくある大失敗を招き寄せてしまったんじゃないかと心配になる。ところが夫は近ごろ忙しくて、部屋に新しい人間がいることにさえ気がつかない。何時間もたってから初めて、ノートパソコンから目を上げた彼は、家のなかに知らない人がいると思ってぎょっとする。

ボストンでは冬だけど、南極では夏だ。毎回始めるときに、数学の学生はむこうの天気をわたしに教えたがる。

夏だけど、まだ信じられないくらい寒い。

零下二三度で毎時一〇五キロの突風。

あるいは、零下二一度で砂漠の湿度。

南極は世界で最も乾燥した場所なのだということを、わたしは学ぶ、氷でできているにもかかわらず。いや、それは違います、と彼は言う。南極の一パーセントには氷がありません。

彼はその女の子の写真を見せてくれる、でも、わたしに見えるのは毛皮の裏のついた赤いパーカとゴーグルだけだ。

愛らしい口元ね、とわたしは言う。あんな環境なのに驚くほど荒れていない。

彼はその写真を財布に入れている。昔の写真なんです、と彼は言う。あれ以来彼女は十二回かそこら髪を切ってます。

今はどんな髪型なの？　とわたしは訊ねる。

彼は思い出すのにちょっとかかる。短いんじゃないかな。そしてウェーヴがかかってる？

科学の特徴は、あることを発見すべくやり始めて何かほかのものを発見するところにある。中国人は火薬を、不老不死の薬を見つけようとしているときに発見した。中国の四大発明は、火薬、紙、印刷技術、羅針盤だ。

でも中国はそれよりずっとすごい、とわたしはエリックに話した。すごく古いと同時にすごく新しい国なの。行ってみたら、わたしが何を言ってるかわかるから。

で、僕はいつ行けるわけ？　と彼は返した。これは彼が初めて申し込んだあとのことだ。

さあ、とわたしはとぼけた。あなたが誰か中国の人と結婚したらね、きっと。


一年でいちばん寒い日、わたしは悪態をつきながら自転車で図書館に行く。いちばん恋しいのは彼だけど、ときおり車も恋しくなる、彼の気配りが。わたしが助手席に乗りこむと、ヒーターがすでに暖気を送っている。図書館で、学生たちとつぎつぎ顔を合わせる。これは疲れる、ずっとしゃべって、書いて、怒った顔に見えないよう眉毛を上げてみせる。

あなたのやっているのは、いい仕事？　と精神科医が訊ね、わかりません、とわたしは答える。それに、何事であれ、わかるってことははたして可能なんでしょうかねえ？

精神科医は顔をほころばせる。わたしが彼女の上をいこうとするのを面白がっている。

悪い仕事をしているわけがない、だってわたしの雇い主の女性はわたしの賃金を上げたいと言うのだから。それじゃ多すぎます、とわたしは言う。そんなにたくさん払う人なんて、いるんですか？

どうやらたくさんの人が払っているらしい。

それってピザ四枚、それとも五枚？ 計算してみると、実際のところ一時間でピザ二十一枚だ。親友はわたしのことをお金持ちのご婦人と呼ぶ。

果物に関する文章題：あなたはリンゴ二個とバナナ二本を持っています、ところで、パイナップルはいくつ持っているでしょう？

わたしは問題をもう一度読む。数学の学生を教えるときに今や立て続けに起こる思考の錯誤だ。彼の持ってくる練習問題プリントのどの問題もわたしは読み違える。

これはパイナップルより大きいですか、それとも等しいですか？

六面のパイナップルがあるとします、さて、パイナップル、パイナップル、パイナップル。

しまいに、わたしは数学の学生に、わたしを見ないで代わりにあっちの、本やコーヒーを落っことしている女の子たちを見てちょうだい、と言う。わたしがパイナップルを目にするのをやめられるように。

精神科医から与えられたべつの課題：お父さんのことを忘れないで。お父さんのことも思い出してください。

父が言ったこと：

空は青でもなければ灰色でも白でもない。地面へ降り注ぐ十の二十四乗《セプティリオン》の雪片の色なんだ。セプティリオンというのは一にゼロが二十四個ついている。お前には一気に書けない数のゼロだぞ、なにしろお前は辛抱できない子供だからな。さあ、座って、静かにしなさい。そうしたら計算の仕方を教えてやろう。

掛ける、割る、足す、それから引く、その順序だぞ、それが演算の順序で、なんでもそうするんだ。架空の《イマジナリー》(虚数のこと)答えというのがあってだな、存在しないんだが、父さんがｉという文字を書く、すると存在するようになる、そのページの上にな。平方根というのがある、有理根、逆数、共役、複素共役というのもあって、解くのは大変だが、なんであれ学びたいと思うならとにかくやらなくてはいけない。

人形遊びはせいぜい三十分、せいぜい十五分、せいぜい一秒、千分の一秒にしておけ。遊ぼうと外へ駆けていくのと同じ速さで数学を習得できるとしたら、お前は天才かもしれん。だがお前にはできないから、お前は天才じゃない。お前は知識が眠りにつく穴だ。

ここにすわりなさい、物理というものを教えてやるから。物理を学ばなくては世界はわからない。空っぽのうろみたいになって、なぜなのかはっきり説明もできなくなるぞ。たとえば、ロケットはお前の先生たちが宇宙と呼ぶ真空空間を飛ぶ。で、ロケットはなぜ宇宙で飛ぶんだ？

わたしにはわからなかった。推測さえできなかった。わたしはなんとバカなんだろう。そして父もそう言った、お前はなんてバカなんだ。

お前のドールハウスに配線してごらん、そうすれば電気のことがわかる。この浴室の照明の配線をやってみろ、電気のことがほんとうにわかるから。検流計をことここに取り付けるんだ、感電するんじゃないぞ。ほらほら、父さんの言うことを聞いてないとどうなるか分かっただろ？

お前は感電したんだよ。さあ、立ち上がってもう一回やってごらん。

もう一度。

もう一度。

もう一度。

ドップラー効果の話はよく聞いておきなさい、そうしないと音を理解できないから。音を理解できないと、メロディーもハーモニーも理解できないし、ヴァイオリンがどうしてあいう形なのかもわからないぞ。

よかったらこっちへおいで、物がじっさいにどう飛ぶか教えてやろう。ここに石がある、これを十一回弾ませるんだ、多くてもだめだし、少なくてもだめだぞ。投げるときにちょうど正しい角度じゃないといけない。

わたしは石を下向きに投げた。石はぜんぜんはずまなかった。すると父は言った。お前はぜったい俺の子じゃない。

税金の申告は早めにしなさい。支払いは期限内に。保険はケチらないように。401（k）を始めなさい。高金利の貯蓄口座を開きなさい、開かないとこの先一生貧乏暮らしだぞ。貧乏になりたいか？

なりたくない。

なら、今はまだ持っていない子供たちのことをよく考えろ、もしちょっとでもお前に似ていたら、お前が持っていないものを欲しがるだろうからな。

父は言った。この誕生日で、お前は生まれてから四〇一五日になる。その対数が言えたら、風船をあげよう。父さんの言ってることがわからないなら、風船はなしだ。

父は言った。周期的に噛みなさい。丸ごと飲み込むんじゃないよ。それと、ほら、あの慣用句はなんだったかな? 髪の毛一本で何かを逃すとかいうのは(髪の毛一本の差で、間一髪での意)?

わたしは父に教える。

ああ、ならその髪の毛の幅を計算してみてくれ。

夜になると父は言った。時間を教えてくれ。いや、そうじゃない。毎秒の秒角で教えてくれ、でなきゃ何も言わなくていい。

ところが、父でさえ父なりの迷信を信じていた。

覚えておけ、と父は言った。肩にクモがのるのは幸運。手をナメクジが這うのは不運。勉強を始めるまえにその場所をよく調べるんだ。注意してすわりなさい。

歯が抜ける夢は病気を意味する。

白い服の夢は死を意味する。

魚の夢は幸運を意味する。

死んだ魚でないかぎり。

夢を見ないようにしろ。

鉛筆はぜんぶナイフで削れ。芯を節約するにはそれがいちばんだ。父はやり方を教えてくれた。お前、人生をどう生き抜けばいいか知りたいか？　ほら、こうやるんだ。親指で刃を押し下げる。ぐっと押すんだぞ。鉛筆がぴんと尖るころにはきっと親指が痛くなってるだろう。

料理番組の新しい回で、中国系アメリカ人シェフが対戦している。彼女の髪はエレクトリックブルーだ。彼女は包丁を使ったクールな技をみせてくれる。そんなわけで、わたしはすべてを中断して彼女の料理を見守る。

さまざまなフランス料理。

どれも美味しそうで、巧みに切ってある。

勝負のあいまに、彼女は子供時代を語る。彼女の母親はひどく無口だった。父親はとても厳しかった。両親から期待されていたことのなかに料理は含まれていなかった。でも彼女はこうしてここにいる。

対決する気まんまんで。

すると審査員からひとしきり拍手が起こる。よくやった、と審査員たちは言う。自分の考えをしっかり持って反抗するとはね。

でも、彼女が自分のことを語る様子の何かにわたしは苛立つ。もしかしたらあの満面の笑みのせいかもしれないし、それとも彼女が両親を平然と片付けてしまうせいかもしれない。そして、わたしの母親は、アジア系の母親の多くがそうであるように無口なんです。そして、わたしの父親は、アジア系の父親の多くがそうであるように厳格なんです。そして、わたしたち一家は、アジア系の家庭の多くがそうであるようにぎすぎすしてます。

わたしはそういうもろもろに打ち勝ったのです、と彼女はいやになるほどはっきり言う。わたしはシェフであって、羊ではありません。

最初に聞いたのは中国人のルームメートからだった。わたしたち自身がそういうお決まりの物言いの最悪の宣伝者なのよ。わたしたちは絶えずお互いを人身御供にしている。

でもわたしは審査員たちにも腹が立つ。どうしてわたしたちにこんなことけしかけるんだろう？ 常に反抗しろだなんて。わたしたちのなかの反抗しない人たちがなぜそうしないのか、わかりもしないで。

こうして歩きながら、車が通るたびにわたしは足を止めて、車がたてるビューっという音を聞く。

あれがドップラー効果だ。

トルストイが不幸な家族について言ったこと。

赤ちゃんのこと、聞かせて。どのくらい大きくなった？ 爪の形はどんな？ まつ毛の長さは？　あの子の背中のほくろの写真を送ってよ。今はふたつあるの？　もうひとつのほくろの写真も送って。

赤ちゃんはうんと進歩している、と親友は言う。指だけじゃなく、彼女が指さしている物のほうも見るようになった。時の経過がわかっていて、彼女が訝っているのと同じことを訝っている。父親は、夫はどこにいるの？

でも、彼っていつも忙しいんじゃないの？

そう、それもある、だけどほかにもあるんじゃないかと、彼女は疑っている。

ハイゼンベルクの不確定性原理によると、粒子の正確な位置を特定しようとしても粒子を加速させるだけだ。夫についても同じことが言える：一晩じゅういったいどこにいたのか訊ねても、夫はいっそうもぞもぞくねくねしながら質問をはぐらかすだけだ。夫はまたもいなくなってしまうだけなのだ。

だから親友は訊ねるのをやめている。


わたしが選択した大学の創作クラスの男性講師は、知っていることを書くのにはだんぜん反対だった。知らないことを書くか、知りたいと思っていることを書きなさい。

そこでわたしは、女の子が男の子と出会って、二人はそれからずっと幸せに暮らす、というのを書いた。

そんなに簡単にいくはずがありません、というのが講師のコメント、余白いっぱいにすべて大文字で。苦悩とか奮闘とか、その他なんでも思いつく障害を入れてごらんなさい。

わたしは女の子に男の子を切り刻ませて壁のなかに隠させた。

女の子に男の子を切り刻ませて熱い油でフライにさせた。

すくなくとも退屈ではありませんね、と講師のコメント。つぎは、彼女が彼を切り刻むまえに二人に話し合いをさせなさい。男の子はそんな目に遭う理由を知っていなくては。


数日のあいだ、親友は事態の月並みさに立ち直れないでいる。彼女は最初子守だと思うところだった。ところが話はちょっと違う。夫には新しい秘書がいる。その新しい秘書がとびきり胸が大きいのだ。

二人とも殺すしかない、と彼女はわたしに言う。それは彼女がつい最近発見したあらゆることに対する解決法だ。外科医のやり方だ――悪性なら切れ。良性なら、ほうっておけ。

抗弁の際に、とびきり胸の大きい秘書は原因だったのではなく症状なのだと夫は言う。

彼がそんなことを言ったとき、あなたはなんて言ったの？　とわたしは訊ねる。

何も言わなかった。フライパンを投げつけた。

いいじゃない。常にフライパンで攻勢に出なくちゃね。

ニュースから：中国で、独身になったばかりでそれを気に病む女の子がＫＦＣに十日間居座ったあげく、警官に説得されて外へ連れ出される。

わたしは四夜連続して、同じ夢を見る。親友の夫がベルトコンベアに乗せられて地球の内核へ送り込まれていく。彼はバケット入りフライドチキンになって戻ってくる。

よくある太陽の出ない一週間。七日連続で空は象みたいな灰色だ。そして八日目には霧が出る。太陽は南極へ行ってしまったのだろうか。十二月の二週間、あの大陸では一日二十四時間日の光が見えている。

親友はこのところちょっとよそよそしくて、メールの返事が来るのが遅い。体が感じることの処理で心は忙しい。

泣いてる？　とメールで訊ねると、いいえ、と彼女は返事する。

でも一日に二度その質問をさせてはもらえない、そんなことをしたら彼女は怒った顔の絵文字を返してよこす。

めったにない仕事が休みの日、彼女は電話してきて言う。楽しませてよ。夫の話はもうたくさん。違う話題：あなたの学生とはどうなってるの？　彼女は赤ちゃんとショッピングモールにいる。騒がしい。だからわたしは話題を変えようとする——何か言った？　聞こえてる？　ごめんね、何言ってるか聞こえないの。

彼のことをそんなふうに好きなわけじゃない、というのが、わたしがいつも使うセリフ。

彼のこと好きになるわけないでしょ？　というのが、もうひとつよく使うセリフ。

ある朝セーターを着ながら、セ、、、ー、タ、ー、って中国語でなんて言うのか忘れてしまったことに気づく。午前中ずっとうろたえたあげく、辞書を引けばいいと思いつく。

あんたの顔は完全に中国人、と母は言った。だからあんたが自分の母語をしゃべるのは前提条件でしょ。それに、あんたはあたしの娘だし。

ところが、しょっちゅう話さない言葉は、そのうち忘れてしまう。

そこでわたしは犬に向かって中国語を話すようになった。

でも犬もまたアイデンティティの危機を抱えている。自分を猫だと思うことがあるのだ。もっともらしく毛皮を舐めては咳をして毛を吐き出し、背中を弓なりにする。

やめなさい、とわたしは犬に命じ、エリックが固く信じていたことを繰り返す：猫はみんな阿呆だ。

阿呆になっちゃだめ。

犬はまた、ソックスが大好きだ。靴にはそこまで興味を示さない。これは、犬の公園で聞かされるところによると、幸運なことらしい。犬はソックスを見つけると丸めて口にくわえて、部屋から部屋へ披露してまわる。今もちょうどそれをやっている。

何をくわえてるの？　わたしは訊ね、彼の口から引っ張り出さなければならない。

わたしのソックスの片割れではない。エリックのソックスの片割れだ。

これ、どこにあったの？

犬はくるっと転がる。

はぐらかすのはやめなさい。

彼は転がり続ける。

わたしは結局そのソックスを、目の届くナイトテーブルの上に置く。それが目に入るたびに、またあの痛みが蘇る。

精神科医はこれを自己処罰だと言う。

だいたいにおいて、わたしはなかなか服を捨てられない、たとえ穴があいていても。わたしはあのブラウスを捨てられない。あれはパーティーに着ていった。わたしはあのパンツを捨てられない。あれは歯医者へ穿いていった。横のところが裂けているあのシャツは、だめ、ぜったいだめ。あれはエリックとハイキングに行ったときに着ていて、茂みに引っ掛けたのだ。

こういう態度について考えられる理由。わたしが学校へ行きはじめたときに女の子たちが着ていたものは？　Limited Too、Abercrombie、Gap。こういう服は高い。母は断固買ってくれない。このときわたしは、一銭も無駄にしてはならないのだと悟る。わたしたちが住んでいるのはワンルーム・アパートではない――物置だ。わたしたちが食べないものがある――ファミリーレストランにはぜったい行かない。子供のころのわたしは、新品の服なんてめったに買ってもらえないので、買ってもらったときには着るのを先延ばしにする。すると、ついに特別な日がやってくると服はもう体に合わないということになる。

お日様が出ない週の半ばに、親友が不意にやってくる。到着した彼女は震えている。

一日か二日だけ、と彼女は言う。あっちがすっかり片付くまで。

あの人たち、寝室を使ってたの、と彼女は言う。だからマットレスは燃やさなくちゃ。

彼女に抱かれた赤ちゃんは、わたしの記憶にあるよりずっと大きい。目は相変わらず黒いおはじきみたいで、肌は今ではちょっとバラ色がかっている。

わたしたちはまず夫を厳しく非難する。ネクタイも自分で締められない男。オムツひとつ替えようとしない男。一日の終わりが近づくと毎日タバコのにおいを漂わせている男。料理となるとクソの役にも立たない男。私たちはクソという言葉を、赤ちゃんの耳を覆って小声で口にする。

そんなことないの、と気持ちを落ち着けた彼女は言う。オムツはしょっちゅう替えてくれた。何か料理を作ろうとしてくれた。マカロニ・アンド・チーズとか。冷凍のナゲットとか。

わたし、どうしよう？　と彼女は訊ねる。

別れなさい。

ほかには？

それしかないよ。

見ると、親友は床で丸まって寝ている。彼女が成し遂げようとしていることにとって、ベッドは快適すぎるのだと彼女は言う。

成し遂げようって、何を？

物事の厳しさを感じること。

うまくいってる？

さあ。何もかもが辛い。

彼女が泣いていたのだとしても、わたしの前では泣いていない。シャワーを浴びながら泣いたのだ、それならわからないから。

わたしたちはいっしょに夜遅くまで何本も映画を観る。長いカーチェイスとか爆発とか殴り合いとかの映画限定だ。『マッドマックス』みたいな映画。わたしたちは『マッドマックス』が好きだ。マシンガンが登場すればするほどいい。めそめそしたのはお断り、とわたしたちは言う。赤ちゃんも同じ考えで、「小物の破壊者《デストロイヤー》」というニックネームをつけられている。彼女はわたしたちの財布の中身を片端から取り出しては床へ投げ捨てる。

親友はデストロイヤーに話しかける。頼むから三十秒間どこかへ行って、そしてもっとおりこうさんになって戻ってきてくれない？

デストロイヤーは、空になったわたしたちの財布をぺちゃんこにしながらうなずく。

つぎの日、母子はニューヨーク市へ帰る。服が放り投げられることもなければ、手を揉み絞って嘆くこともなく、またもフライパンが登場することもない。

何も持たずに、とにかく消えて、と彼女は夫に告げる。

空に関する諺：
井戸の底から空を見上げてはいけない。
一歩後退することをいとわなければ、そこには無限の空が広がっている。

彼にもう一度電話してみるべきかなと思うんだけど、思うだけだ。彼の名前を口にしたり思い浮かべたりするのはやめようと努めてみても、なにしろよくある名前だ。CVS・ファーマシーに入っていくと、エア・ウィックというブランドの消臭スプレーが目に入り、何も買わずに出てしまう。

それに、かの有名なジミ・ヘンドリックスの歌詞が。彼はこう歌った。Excuse me while I kiss the sky.（ちょっと失礼、空にキスするから）これがいつもExcuse me while I kiss this guy.（ちょっと失礼、この人にキスするから）に聞こえてしまう。

微分幾何学では、二つのカーヴが可能な限りもっとも高次の接触を共有する場合、接吻すると言う。

彼とわたしの初めての接吻は、わたしの昔のアパートの外だ。彼はタクシーを待っている。わたしは接吻されるのを待っている。わたしたちの歯はぶつかって音を立てる、そのまえにあまりににこにこしすぎているからだ。すると彼が顔を赤らめて、ジミ・ヘンドリックスの話をする。

古代の中国人もまた空に魅了されていた。彼らはあらゆる恒星を網羅する目録を作ろうとしたが、惑星にはほとんど関心を示さなかった。

わたしたちの銀河系の端に、ダイヤモンドでできた惑星があると言われている。これには瞬く間に疑義が差しはさまれた。あれはダイヤモンドではない。あれは黒鉛だ。どの鉛筆のなかにも入っているやつだ。ダイヤモンドと黒鉛のあいだに原子の違いは何もない。どちらも炭素からできている。炭素の配列が違うだけだ。

「ルーシー・イン・ザ・スカイ・ウィズ・ダイアモンズ」の歌は、彼は好きじゃない。以前のバンド仲間たちがどうしてこれを好きなのか、彼にはわかっている。複雑なコード進行に単純なメロディーを重ね、ヴァース（三拍子）からコーラス（四拍子）へと拍子が変わるんだけど、それって一九六七年にしてはいけてる、と彼は付け加える。でも全体として、彼はこの歌をちょっとバカみたいだと思っている。それに、タイトルについての長きにわたる論争がある。もちろん、彼らはハイになってたんだ、と彼は言う。

あなたは彼を愛していましたか？　と精神科医は訊ねる。

あまりに単刀直入な質問に、わたしはあやうく笑ってしまいそうになる。

でも、彼にそう言いましたか？　口に出して言ったんですか？

遠くのものをひんやりと青みがかっているように見せるのが空気遠近法。あらゆる絵画において奥行きの錯覚を作り出す手法だ。

どうして絵の話になったんだっけ？　と数学の学生に訊ねると、彼にもわからない。

彼はオリーヴを一皿もってきてくれる。

彼はナッツを一鉢持ってきてくれる。

わたしがそういったものをむしゃむしゃ食べていないときに、わたしたちはちょっぴり数学を学ぶ。三角法を覚えるには、公式の頭文字で Soh Cah Toa と唱えてね。虹の七色を覚えるには、色の頭文字を人名みたいにして、Roy G. Biv と唱えてね。

つぎの日、わたしは寝室をある種のブルーに塗ろうと決める。ずっと白だったのだけど、今ではその殺風景さがどうもこたえる。二人で扇風機を買った店に行って見てまわると、ペンキの色は無限にあってややこしい。

サファイアベリーって何？

アドリア海の霧って何？

Sea sprite《シー スプライト》（海の精霊）という色を見つけたわたしは、カウンターの男に冗談を言ってみる。

See spite《シー スパイト》。わかります？ See（見る）はわかるでしょ、eがふたつの。それにspite、腹立たしい気持ちって意味でしょ？

彼はわかったと言う。

エリックがここにいたら、笑っていたと思う。

けっきょくわたしは永久凍土層《パーマフロスト》という響きが気に入る。この色の壁に四方を囲まれることにしよう。ペンキ塗りを手伝いに来てくれた親友は、疑わしそうな顔をする。ほんとにこの色でいいの？ もうじゅうぶん寒いんじゃない？

デストロイヤーも手伝おうとする。彼女は自分のヨーグルトのカップに指をつっこんでちょっと壁になすりつけ、わたしたちのほうをずる賢い表情で見やり、それから自分の体にもうちょっとなすりつける。部屋を塗り終わるころには、ヨーグルトまみれになった赤ちゃんをお風呂に入れなくてはならない。ところがなんと彼女は水ギライ。湯船に入れたら、手が付けられないほど身をよじりだすまえに、さっと洗ってあげなくちゃならない。

チンチラは浅い砂床で体を洗う。けっして水には近づかない。もしかしたら赤ちゃんはじつはひそかにチンチラなのかもしれない。でも、ふたりで彼女を砂場のある屋内型の遊び場へ連れていくと、どうやらそうではないようだ。


南極のドキュメンタリー番組をテレビで観て、親知らずと虫垂の両方を取り除いていない限りかの地では働けないということを知る。あそこにはフルタイムの歯医者はほとんどいない。内科医もほとんどいない。

五千三百万年まえには、岸辺にヤシの木が生えていた。

今では厚さ二〇〇〇メートル以上の氷におおわれている。

水晶を噴出する火山がある。

シロクマはいなくてペンギンだけ、それと千五百種類もの菌類。

もはや彼に数学を教えているとは言えないと思う。二人してペンギンがぎこちなく動きまわってる動画を探すだけのこともある。

個人指導の終わりには毎回、彼はわたしにさよならハグをしてくれる。さよならハグをしているあいだ、彼はわたしの頭のてっぺんに顎をのっけるのが好きだ。

頭のてっぺんに何かのっかってるのを感じるのは、心地いい。

知ってた？　と彼は訊ねる。酸素は凍らせるとスカイブルーになるんだよ。

知っていたけど、知らなかったと答える。

親友の夫はいなくなる。彼女の言ういなくなるというのは、金融関係の仲間のひとりを頼って、追って通知があるまでそこに泊めてもらうということだ。わたしに接触しようとしないで。ボストンの友人に電話して伝言を言づけたりしないで。彼は従う。彼女をそっとしておく。しばらくのあいだ、彼女はそんなに怒っていない。

ところが一か月後の一月に、彼女は例の秘書をドーナツ店で見かけ、またかっとなり、何か鋭いものはないかとバッグのなかを探す。聴診器がある。医療の道具で人を殺すのは賢明だろうか？　賢明ではないと彼女は判断し、外へ飛び出してまっすぐべつのコーヒー店へ走り、わたしに電話する。

どうしてあの女だとわかったの？　とわたしは訊ねる。

なぜなら彼女は例の秘書を広範囲にわたって調べたからだ。閲覧できるあらゆるオンライン画像をチェックしたのだ。どうやら胸がとびきり大きいだけじゃなく、魅力的な笑顔の持ち主でもあるらしい。

何も言わずに聞いているほうがよさそうだとわたしは判断する。親友はあの、別居中の妻の絶望的で張りつめた話し方になっている。

夫はいなくなった。

あの人、いなくなっちゃった、と彼女は言う。

マッドマックスの言葉：この手錠のチェーンは高張力鋼だ。切断するには十分かかる。ところで、運がよければ、お前は五分で自分の足首を切断できるだろう。

映画のこの箇所にさしかかったとき、マッドマックスもきっと既婚に違いないと意見が一致したのだった。

わたしたちは今やお互いにばかげたことを言い合う：デビー・ダウナー（テレビの『サタデー・ナイト・ライブ』に登場する悲観的なことばかり言うキャラクター）みたいなこと言わないで。ウェット・ナンシー（本来はネガティヴ・ナンシー。常に否定的なことを言う人の意）みたいなこと言わないで。

最後のは、わたしがブランケットのフレーズ（ウェット・ブランケットはしらけさせる人の意）を思い出そうとして言い間違えた。

嘆かわしいことを表す慣用句って、どうしてぜんぶ女の子なの？　と彼女は訊ねる――確かにそうだ、でもわたしたち二人ともなぜなのかわからない。

気象予報士たちは雪のことで冗談を言ってはいなかった。センチがメートルになり、車もバスも玄関口も白い山に覆われている。それに、空気で顔が痛くなる。なんだってわたしは空気で顔が痛くなるようなところに住んでいるんだろう？

ここにいるとき、赤ちゃんは必ずしもおとなしくすわって食事してくれるとは限らない。そこでわたしは何か目新しいことをやってみる。赤ちゃんの顔に米粒を貼りつけてヤシの木々と雲の形にする。バナナのスライスをお日さまにする。

赤ちゃんはこのあいだ信じられないくらいおとなしくすわっていて、それから、鏡で自分の顔を見てくすくす笑い、顔の景色をはがして食べる。

でも木がぜんぶ真っ白じゃない、と親友が言う。

お母さんの言うことなんて無視しなさい。これは雪におおわれたヤシの木にきまってるでしょ。

わたしは片手で犬と綱引きして、もう片方で赤ちゃんの髪を撫でつけている。ついに髪を上へあげて三センチほどのポニーテールにできるようになり、親友はびっくり仰天の顔になる。とても信じられない、と彼女は言い、その頭を両手で包む。

こんな素敵なひと時のあとには悪いひと時がやってくる。買い物に出かけると、ランジェリーの店がある。親友は足を止めてモデルたちの大きなポスターを見つめる。

みんなあんたのせいよ、と彼女はポスターの一枚に話しかける。あんたが彼にあんなことしたんだ、あんたが女の手練手管でね。それから彼女はつぎのポスターの前へ行く。わたしはあとをついて行きながら、それぞれの女たちに順繰りに謝る。

ごめんなさいね、わたしの友達は今日はちょっとどうかしてるの。

いつもの彼女なら、あなただってきっと好きになるはず。

わかってるのよ、仕事でやってるだけなんだってことは。

ポスターをぜんぶ済ませてしまうと、彼女は地べたにすわりこむ。内心じゃ、羨ましいの、と彼女は言う。ぜんぶ手に入れたい。頭がよくて、そしてきれいで、肉体的にきれいでいたい。そんなの虚栄だってことはわかってる、でもそうなりたいの。

父にこんなふうに言ったことがあった。父さんがわたしにさせたがっているのは勉強だけ、わたしに望んでいるのは成功をおさめることだけ。あらゆることを学ぶのには疲れた。

こんなに知識を蓄えてなんの役に立つの、学校じゃ相変わらず変人って呼ばれてるのに？

父の質問には、何度もわたしを招き寄せては例の三つのうちのひとつをわたしに教えようとするときには、娘に恐れ知らずになってもらいたいという願望があったということがわたしにはわからなかった。

恐れ知らずでいることは美しいことよりも上？

母はあれだけ美人なのに、ハンサムではない父と結婚する。出会いのなかで、母はきっと父に何か違うものを見出したに違いない。父は真面目だ、しばしば真面目過ぎる、そして母はこれを魅力的だと、たぶん愛しいと思ったのだろう。もし海外へ行けたら、と父は母に語る、博士号を取得するつもりだ。当時の母は思う、博士号、それって何？　母のまわりにはそんなものを取ろうとする人はいないし、ましてやそれを海外でやろうと考えるような人はいない。

顔とか体、母はこういったものをハードウェアと呼ぶ。ハードは変えられない。でも知識や精神は変えられる、母はこれをソフトウェアと呼ぶ。

だけど、それってほんと？　化粧もあるし、手術とか、減量とか。最近はハードウェアも簡単に変えられる。

美しさは弱さです、あるモデルがインタビューでそう言ったのを覚えている。彼女の美しさを人々が目にするときのことを彼女は話す。みなすぐさま彼女は強くないと思うのだ。

でも、母がもし美人でなかったら、この国でもっと辛い思いをしていただろう。この国にやってきた母は、美しさを盾として使うようになる。母は貧しい暮らしを楽しいとは思わない（誰が思うものか）、でもなんとかやっていく。こんな言葉を胸に：美人は何を着ても似合う、たとえこんなみすぼらしくてけちなKマートの服でさえ。それに、美しさでないとしたら、今や母に何がある？　母は機知に富んでいる、でも自分が話せない言葉でどうやって機知を伝えればいい？

母は愚かではない。美しさが永遠に続かないのはわかっている。だからしょっちゅうわたしに言う。あんたは美人じゃない、自分が美人だなんて思わないで。そしてわたしは長いあいだ母に腹を立てている。

それは両刃の剣だ。

頭が良くてかつ美人であることはね、と親友は言う。これはたぶんあらゆる女性が望んでいることにすごく近いんじゃないかな。わたしだって大人になったら天才かつセクシー美人になりたいと強く願っていた。

マリー・キュリーになりたい、だけどまた一方で、外見はグレース・ケリーのように。

マリア・サロメア・スクウォドフスカとして生まれた彼女は、二度ノーベル賞を受賞した初めての人間となった。彼女は二つの異なる科学部門で受賞した初めての人間だ。一九〇二年、彼女は十分の一グラムの新しい化学物質を分離し、放射能を発見した。夫のピエールはこの新しい化学物質を、光線を意味するラテン語の radius からラジウムと呼んだ。

いつだったか、史上最高の化学者は誰かエリックと議論したことがある。こういうことは数値化するのが難しいからね、と彼は言った。どんな測定基準を使うんだよ？

完全に金属元素の数だけにしてみたら？　とわたしは言った。

完全に発見の数だけにしてみたら？

だけど、どうして最高がいなくちゃいけないの？　と彼は訊ねた。どうして最低がいなくちゃいけないんだ？

化学というのは大きな影響力を持つ一方で、ときに予測のつかないことがある。一九〇二年、ラジウムの光は自発エネルギーであると誤解され、マリーは賞賛される。ところが一九二八年には、唇で筆先を尖らせていた娘たちの事件が。まっすぐ骨に達していた事件が。

お宅の犬はうんと賢い？　うちの犬がソックスを好む話をするとほかの飼い主たちから訊かれる。

そうだと思います。すると彼らは、飼い犬がほんとうに賢いか確かめるテストを教えてくれる。犬に毛布をかぶせて、抜け出すのにどれだけかかるか見るのだ。

わたしはこれを実行し、タイマーをスタートさせる。

ところが犬は暗闇のなかでまったく身動きできなくなり——なんてこった、真っ暗だ、目の前の世界が消えちまった——四分経ったところで寝そべる。

もうひとつのテストは、ごちそうにプラスチックのカップをかぶせて、犬がそのごちそうを取り出すのにどのくらいかかるか見るというもの。

一週間後、カップはまだそのままだ。

とにかく犬にごちそうを与える。いいんだよ。べつにうんと賢い犬じゃなくてもいいんだから。ほんというと、そうじゃないほうがいいの。あんたがうんと賢い犬だったら、きっとあんたのことこれほど面白いって思えないもの。

最近の個人指導の終わりに、数学の学生がわたしに、このあとどこか行く予定はあるのかと訊ねる（べつにない）。これでさよならしちゃいますか（さあ）、どこかへ行きましょうよ（そうね、いいよ）。わたしたちは公園をぶらぶらする。ゲームをする。あの積もった雪の下に何台の車が埋まっているか？　二台、それとも十億？　わたしは彼に例の諺を教え、それからこんな冗談を言う：もしも掘ってみたら、どこまでいっても車ばかりよ。

好きなもの？　嫌いなもの？　わたしたちはカフェで腰をおろして二人ともボーリングが大嫌いだという話をし、そして翌日ボーリングへ行く。相手は恐ろしく下手だろうと思いながら。ところがボーリング場で、相手はぜんぜん下手じゃなく、じつは企みだったのだとわかる。

彼はとてもうまい。

わたしはまるでだめだ。

彼はともかくわたしの肩に腕をまわす。彼の腕がエリックよりずっと長くて厚みがあり、もっと風を遮ってくれることにわたしは気づく。でも、安心感が増すわけではない。安心感は同じくらいだ。

メールが来ると、わたしのパソコンはチンと音をたてる。実際は、パソコンは沈黙している。チンという音はわたしの頭のなかで鳴る。エリックからのメールだ。

でも開かないからね、とわたしは言う。すくなくとも明日までは。

そして明日になり、翌日まで開かないでおこうとわたしは決心する。

今すぐ開きなさい、と親友は言う。またも仕事中に呼び出して、どうしたらいいか訊いたのだ。大事な用かもしれないじゃない、と彼女は言う。彼があなたに何か伝えようとしてるんだったらどうするの？　彼のご家族の誰かが亡くなったんだったら？　今すぐ開きなさい。

無理。

間違ってだかどうだかわからないけど、わたしは削除を押してしまう。それから慌てふためく。あのメールはどこへ行っちゃった？　自分の携帯を隅々まで探しながら、両目が顔から転がり落ちてどこかへ転がっていってしまった気分だ。

彼にメールしなさい、と彼女は言う。でないと、あなたにとってはどうでもいいんだって思われちゃうわよ。

でも、彼はすでにそう思ってる。で、たぶん彼にそのままそう思わせておいて、前へ進んでべつの人を見つけたほうがいいのかもしれない。たぶん、それがいちばんなのかも、だって彼には同じくらいいい人がふさわしいもの、もっといい人とは言わないまでも。

もっといい人？

これ以上ないくらいいい人ってこと。

親友は言う。せめて、生きてるってことを知らせるメールは書きなさい。


自転車を走らせながら、自分と賭けをする。

もし信号が続けて三つ青だったら、今日彼に返信する。

もし一度も青信号にあたらなかったら、もっとあとで彼に返信する。

交通の普遍的法則：一度赤信号に引っかかったら、ぜんぶ赤信号になる。

メールを書かないとしたら、運動でもしようか。真夜中に、わたしは挙手跳躍運動をやる。オンライン・フィットネスのグルは新しい動きをしている。登山カエル跳びというそうだ。
ト、何？　と言いながらやってみる。
そのあと、健康スムージーを作る。ブルーベリーとプラムを入れる。紫色のブレンダーを見ながら、音楽をかける：ジミ・ヘンドリックス。音量を上げる。

彼は言った。君、旗袍《チイパオ》を着るときれいだね。マンガンよりきれいだ。でも問題は、頭がよくてかつきれいであること。だからわたしは彼の賛辞を押しやる、それを信じるのはわたしが妥協したってことになると思うから。

わたしの歌は下手だ。Purple haze, all in my brain.（頭のなかに紫の靄がかかってる）

たちまち階下の住人が文句を言う。彼らは家主に電話し、家主がわたしに電話してくる。いったいその凄まじい騒音は何事ですか？

彼が言ったほかのことを思い出す。あの歌のイントロは異様な不協和音だ。三全音。フラットファイヴ。悪魔の音程と呼ばれることもある。ギターとベースが同じオクターヴ・パターンを演奏するのだけど、違う音なのだ。ギターはBフラットを奏でる。ベースはEを奏でる。

赤ちゃんは知覚を働かせるようになる。歩いていると、彼女は通りの反対側にいるよその赤ちゃんたちにむかってわめく、赤ちゃん版の罵声だ、とわたしたちは思う。くそっ、そこの赤ん坊め、可愛さであたしに勝とうだなんてやめときな、みたいな。困ったことに彼女はとても可愛いので、わたしたちは彼女をたしなめるのに苦労する。

赤ちゃんは、前世はクモザルかフクロネズミだったのかもしれない。彼女は逆さまに持ち上げられるのが好きだ。足で天井に触れるのが好きだ。

最近の進展：平日は一日の終わりに毎日、親友の夫は電話してきて、くどくどした音声メッセージを残す。親友はわたしにこうしたメッセージを聞かせる。どれもほんとうにくどくどしている。

悪かった。君が恋しい。悪かった。君が恋しい。ちょっとの間、また戻ってきてくれる気はないだろうか、ただの友達として？

僕たちの娘、と彼は、何回になるのかわからないほど繰り返す。

どう考えたらいい？　と彼女は訊ねる。彼、すごくくどくどしてない？　なんでこんなにくどくどしいの？　わたしたち、どう考えたらいいのかしら？

わたしたち、これをオッケーだと考える？　わたしたちは、人生はあまりに漠然としていると考える。

光が光同士で相互作用することを干渉と呼ぶ。光が重なり合うとカラフルな斑点が現れる、ひとつの波にべつの波が加わって、五足す五が十になるような具合に。光が光を消してしまうと黒っぽい斑点が現れる、ひとつの波がべつの波を打ち消して、マイナス五足す五がゼロとなるような具合に。

学生たちに、わたしは話す。油膜とか泡の表面を観察しなさい。蛍光色の完全な虹がそこにあるのを見てごらんなさい。色がどう変わるか、広がるかをね。赤紫や金色が。光もまた内部で争っているのでなければそんな模様はできないのよ。

そしてわたしの言うことを彼らが信じないなら、いちばん近くのガソリンスタンドへ連れて行って、油膜を見せる。

散策中に一度、数学の学生も油膜を見せに連れていく。

べつにテストというわけじゃない。

でも、一種のテストだ。彼がこれを面白く思うだろうかという。彼はちょっとの間黙っていて、それからオレンジの斑点を指さしてそれをタンジェリン色だと言う。

母の母は上海で最高の建築家のひとりだった。

一九七〇年代の末、祖母は外灘の再建に手を貸す。このころ、祖母はまだ十代だった母に、結婚して子供を持つとしたら、娘だけにしなさい、と言う。娘のほうが chu xi と xiao shun をより多く持っているから、と。chu xi というのは成功する能力だ。xiao shun は子としての孝心。祖母がそう思っていたのは祖母自身そんな娘のひとりだったからだ——非常に多くのことを成し遂げてきて、良い結婚をして、二人の子供を育て、両親の晩年を看取った。

でも、父に従って渡米するためには、母はどちらも諦めざるを得ない。

そしてこのために、自分はしくじったと母は思うのではないか。

それから、ショックの瞬間がやってくる。娘？ きっと間違いだ。わたしには娘なんていない。それにもし娘がいるとしたら、娘にお手本を示してやれないあたしがどうやって育てるの？

あの車をバックさせて去っていきながら、母は思う。やっと新たに出直すチャンスだ。でもそれから母は気がつく、父なしではそんなに遠くへは行けないことに。母が読んだり話したりできないことがたくさんある。それにお金、母は自分の金を持っていない。

たぶんお母さんが戻ってくるのはあなたのためでもあるんじゃないでしょうか、と精神科医は言う。母性本能が作動して。

もしそうなのだとしても、母はけっしてそれを見せない。学校から帰ってくると、母の靴が戸口にある。それほど遠くまで探しにいく必要はない。母はまた寝室で中国に電話をかけている。

フランス料理店へ行ったあとに喧嘩したとき、わたしはエリックにどうして結婚したくなかったのか説明しようとする。わたしは話す。結婚したからって祝われたくない。結婚するのはごく普通のことだと彼は言う。それに、祝われることのどこがそんなに気に入らないの？

理論上は何も。

違う説明の仕方をすべきだった。Chu xi って言葉知ってる？　これがまったくない人間にはなりたくない。

だけど、彼に理解できるわけがないじゃないか。彼の両親は幸せな結婚生活を送っている。彼は幸せな家庭で育っている。

しばし、想像してしまう。オハイオの大きな家で暮らすわたしたち、犬が走りまわれる庭。うまく想像できない。あまりに幸せすぎる。

いつだったか母は、おそらくわたしを安心させようとしてのことだろう、絶えず喧嘩しない良い結婚なんてないのだとわたしに言う。喧嘩が夫と妻の会話なのだと。

一度、父が母を、べつの男といっしょになるために家出するんだろうと詰る。母はこれを笑い飛ばす。

あたしが誰といっしょになるって？　と母は訊ねる。けっきょくのところ、誰があたしなんかといっしょになりたがるっていうのよ？

過去を振り返るといつもあなたは悪いことしか見ない、と精神科医は言う。だけど、明らかじゃないですか？　悪いことがうんとたくさんあるんだから。
それが完全に本当ということはないはずです。

科学的方法とはなんだろう？　物理の先生。高校の。彼は芝居がかったしゃべりかたをする。それは我々を真実へ導いてくれる方法だ。そして大学で、べつの教授。科学は万能薬ではない、人と人との交流といった活動についてはこの方法で答えを出すのは難しい。

上海語では母方の祖母のことを ah bu と言う。母がわたしに教えてくれる。中国人のルームメートに対してこの言葉を使ってはじめて、これが上海語だと知る——わたしの ah bu は昔建築家だったの、わたしの ah bu は上海に住んでるの——すると彼女は言う、ah bu って何？『アラジン』に出てくるサルのこと？

この市は記録を作っている。二月はこの一世紀で最高の降雪量だ。どのニュースチャンネルでもシャベルで雪かきする哀れな人々と何週間も休校になって喜ぶ子供たちのモンタージュが映っている。
なかにはせっせと雪をボトルに詰めて水を切実に必要としているカリフォルニアの住民に送っている人たちもいる。除雪のための予算をどのくらい使い果たしたのか訊かれると、市長はただこう答える。ありがたいことに、今や三月だ。

電話のむこうで、赤ちゃんがわんわん泣いているのが聞こえる。歯が生えてるのだ。親友はとりあえず浴室に閉じこもって、湯船に滑り込む。

わたし、何やってるのかな？　彼女は言う。

わたしたちはほかのことを話す——あなたの学生、わかった、それはやめ、エリック、それもやめ、じゃあ、わたしたち、何を話すのよ？

あなたのことを話しましょ、戦う母親のあなた、あなたのことを。

一分後、彼女は外へ戻る気になっている。

インターネットで拾ったアドバイス：結局のところ、あなたの子供たちのうちで狼に食べられた子はいますか？　いない？　ならばあなたは良い母親です。

ところが三月もまたひどく寒い。

ＴＪマックスで、わたしはフェイスマスクを見つける。両目と口を除いて顔全体を覆う、銀行強盗ができそうなやつだ。わたしは声に出して言う。こんなのがあるの？　しかも三ドル九九セントで？

それを買って、かぶって帰る。もう顔が氷のシートになったみたいじゃない。まだ鼻があるのがわかる。たちまち、ほかにもフェイスマスクをつけた人がいることに気づきはじめる。ほとんどは同じく自転車に乗っている人たちで、わたしと同じ丘陵をえっちらおっちらのぼっている。

ひとりに手を振る。もうひとりには親指を立てて見せる。

もしかしたらこんなふうにして研究室に戻れるかもしれない、フェイスマスクをかぶって。そ

してまた始めるんだ。

散歩のとき、犬のほうもわたしを散歩させていると思っている。人間を運動させなくちゃな、

と考えている、人間を外へ連れ出してやらなくちゃ、と。そしていそいそとわたしを公園じゅう

引っぱりまわす。犬は誰にでもすりよっていくわけではないけれど、すり寄っていった人は皆、

何か差し出してくれる。突然電まじりの嵐になったとき、女の人がわたしたちに傘を差しだして

くれる。

うちはここからそんなに遠くないの、と彼女は言う。だけどその犬を濡らさないで。そのきれ

いな毛皮を台無しにしないでね。

それから彼女は家へ向かって駆け出し、わたしたちもそうする、わたしは犬に傘をさしかけな

がら。

ところが家に駆け戻る途中で、嵐はやむ。太陽が現れる。そして犬はブレーキを踏んで、寝転

がろうと、いちばん日の当たる場所を探す。犬はふたつの道路が交わる交差点にある水溜りを選

び、わたしはそこに立って、わたしたちを迂回するよう車に合図する。

箴言……蔵焼けて さはるものなき 月見哉。

人生における向上を図るためには、やはり月に移民しなくちゃいけないような気がする。

精神科医はため息をつく。どうして月なんですか？　そんなの自分から失敗しようとしてるようなものじゃないですか。というか、そう、すくなくとも努力はしてみるべきです、でもそのために死ぬほど無理をしてはいけません。世の中にはほかのことだってあるんです。

エリックの子供時代：化学実験セットと水銀温度計と世界一高度な紙飛行機を作ることで満たされた長い時間。早熟な子供、非常に思慮深くかつ几帳面で、これは普通のことなんだろうかと彼の両親は思う。両親は彼に外で野球やキャッチボールをしたり他の子たちと遊んだりさせようとする。彼はそうすることもあるけれど、ふつうは家のなかで紙飛行機の航空隊をテスト飛行させ、ついに一機が機体をちゃんと傾けて旋回しつつ彼の部屋の端から端まで飛べるようになる。

お父さんから作り方を教わったの？　わたしは訊ねた。

すると彼は妙な顔でわたしを見た。いや。彼が自分で作りあげたのだ。

今では、研究室で何をやっていても彼は発見の実感を得ていたに違いないとわかる。彼は手早くて熟練した化学者だったし、わたしもそうだった。それは疑いないと精神科医は言う。だけど、どの科学者も心得ていることがある――単に熟練しているだけではいけない、洞察力がなくてはならない。

チーズとクラッカーと天気予報の代わりに、数学の学生は、今日は最新ニュースをもたらす。

南極の女の子はもういない。

ええ？　とわたしは気遣いながら訊ねる。氷のなかへ消えちゃったとか？

そんなんじゃないですよ、と彼は答える。

でも、財布にはもう写真は入ってない。密かに胸を焦がすことはもうない。ふたりはこれからも友達でいます、以上。

この瞬間、わたしはもっと強い感情を抱くべきなんだろうか？　突然浮き上がるような感覚を？

彼は、もう先生には教われないんですと言い、どうしてなの、とわたしは訊ねる。

依然としてあまり外で過ごせないのは明らかなので、わたしたちはボーリングに行く。でもわたしたちはすぐにボーリングに飽きてしまう。というか、わたしは飽きる、彼のほうが断然うまいからだ。

こんなのどう、とわたしは提案する。うちへ来ていっしょに雪かきするの。三月半ばに、小さなブリザードがくる。天気の専門家たちは街の人々をあまり怖がらせないように小さなと言うけれど、誰もがこう思っている――こんなところに住むよりも竜巻が起こるところのほうがましだ。それに、私道に塩を撒かなくてはならない。それから洗濯室のドアを溶かさなくては。外側から凍っていて開かないのだ。

彼がほんとうに同意してくれるとは思っていなかった。

しかもきっちり時刻どおりに、スノーパンツにゴーグルに道具一式を用意してやってくる。

シャベル二本。

私道に撒く青い塩ひと袋。

ドア用にヘアドライヤー。

このヘアドライヤーには助けられる。これがなければどうするつもりだったの？　数学の学生が訊ねる。春まで何も洗わない？

たぶんね？　それとも、窓によじのぼって入るとか。なぜか、ドアを溶かそうとするよりもそういう選択肢のほうが妥当な気がした。

でも犬は感謝の気持ちでいっぱいだ。

犬は頭を数学の学生の足にのせてたちまち眠ってしまい、足はしびれて、わたしたちはソファの上でこの姿勢のまま身動きできなくなる。

手は触れあっていない、でも肩は、うん。


まるで雪かきなんかしなかったみたいだ。翌日、市当局は言う。さて、また雪です。


赤ちゃんは選りすぐりの語句を幾つか覚えた。今では犬のお尻の穴を指さして、ウンチと言える。バンドエイドをあげると、その穴に貼ろうとし、犬が逃げると、犬が降参するまで這って追いかける。

わたしが赤ちゃんにやりたい放題させている、と親友は言う。自分の髪が根っこから引き抜かれるがままにさせておく。パイの最後のひと口を食べさせる。だけど、あまりに我が強く育っちゃったらどうするのよ？

多少我が強いのはかまわないんじゃないかとわたしは思う。

親友は昔を思い出して、夫のプロポーズを分析しなおす。もしかしたら問題はそこから始まっていたのではないか。すごくあっさりしてたの、と彼女は言う。二人の人間のあいだで交わされた合意、みたいな感じで。二人で座ってそれについて話をした。それからいっしょに出かけて指輪を買ったの。

でも、それはあなたが望んだことだったんでしょ？　わたしは訊ねる。

うん、と彼女は答え、それから、ううん、と言う。

もしかしたらわたしのせいだったのかも、と、映画鑑賞マラソンをやっているときに彼女が言う。

そんなことない。

もしかしたらそうだったのかも。

だけど、あなたはなにもしてないじゃない。

そこなのよ。

彼女は研究を引き合いに出す。新たに母親となった多くが、赤ん坊を抱くことで感情的にじゅうぶん満たされるため、ほかの重要な存在との肉体的接触をさほど必要としなくなる。

キスとか、ハグとかいったことを。

セックスとか。

でも、彼はあなたを裏切って浮気したじゃない。

すると親友は遠くを見る眼差しになる。それからこう言う。臨月になると、おへそがつきだしたの。彼はよくそれを押しては、脱出って言ってた。出産後は、彼に触らせなかったの。

それはまた違う。

同じよ。彼が寄ってくるたびに、わたしは離れていた。


壁を押すと、壁もこちらを押し返す。これがわたしの聞かされたニュートンの第三法則のいちばんよくある説明だ。

でもわたしは学生たちにこう言う。壁はいいから、ロケットのことを考えて。ニュートンの第三法則は、ロケットが宇宙で飛ぶ理由なの。ロケットが燃料を噴出すると、その噴出がロケットを押し返して前に進ませる。

一九九九年、NASAは一億二千五百万ドルの火星探査機を失った。彼らは距離をメートルではなくフィートで計算していた、ところが探査機は依然としてその数字をメートルで解釈していたのだ。三フィートが一メートルになる、だから想像がつくはずだ、火星にそっと着陸するかわりに、探査機はミサイルのようにかの惑星に激突した。本来の距離の三倍あると考えて。

エリックからこの話を聞かされたわたしは、今ではそれを単位の重要性をわからせるのに使っている。彼はこの話を、人に聞かせる僕のお気に入りの宇宙飛行事故なんだ、と言った。すくなくとも誰も死ななかったからだ。

だけど、誰かがバッサリ、バッサリ首を切られてるかもしれない。

単位がどれだけ大事かわかるでしょ、とわたしは学生たちに言う。火星人からバカだと思われたくはないでしょ。

自分が以前はこんなだったなんて信じられない：彼がいい人間だということに腹を立てるだなんて。

うちから五区画離れた家が宛先の迷子の小包を、彼は五区画歩いて届けにいく。食料品店で買い物したレシートを見ると間違っている——わたしたちが受け取った釣銭は多すぎた——すると彼は店まで走って返しにいく。

クリーニング代にすればよかったじゃない、とわたしが言うと、彼は答えた。正しいことじゃないだろ。

一方でわたしは、どこのホットフードバーでもチキンナゲットをひとつとって口に入れてしまう。

わたしは以前、彼がわたしよりいい人間であることを指して、人を見下した態度だと言っていた。あなたはわたしのこと、あのなんとかってもの——あれはなんて言うんだっけ？　あのころ、なんて呼んでたんだっけ？——あなたのクソっ腹の立つモラルの台座《ペデスタル》から見下ろしてる、と。

すると彼はこう返した。どの雲も銀色の裏張りがついているの、知ってる？　君は黒っぽい裏張りの雲だね。

わたしは雲じゃない、とわたしは叫んだ。雲になんかなりたくない。

学生のひとりが、雲は水素でできているのですかと訊ねたことがある、水素は世に知られているもっとも軽い元素だから、と。

もっともな論拠ね、とわたしは返事した。だけど、もし雲が水素でできていたら、爆発するでしょ。ヒンデンブルク号事件を見てごらんなさい。だから、飛行船にはいまではヘリウムが詰められているの、世に知られている二番目に軽い元素がね。風船もそうよ。

この学生はその後大学を卒業して、もうわたしの助けは必要ないのだけど、まだ連絡は取りあっている。

雲とか風船のことを考えるといつも、と彼女は言う、先生のことを思い出します。

驚くことに、学生たちのほとんどは、連絡をとり続ける。わたしの受信箱には、ときおりメッセージが届いている。こんにちは、先生、と、なかにはまだそう呼んでくれる人もいる。わたしは元気です。今はこんなことをやっています。いろんなことで先生を思い出します。

雲
風船
水が出ている蛇口

衛星
鏡
野球のボール
泡
日没
閉じたドア
満月
宇宙船
チョコレート
闇に光るものなんでも
緑のレーザー光線
緑の葉
歯
白色光
油膜
スプーン

そんなふうに言われるなら、わたしは雲でもかまわない。

エリックは一度、クリスマスをわたしの家族と過ごす。母はなん皿も料理を作る。相互理解は無理だとしても、すくなくとも彼にちゃんと食べさせるつもりなのだ。朝食のとき、母は彼にトーストを一枚持ってくる。一分後、ベーコンの皿とシリアルのボウル、リンゴのスライス、スクランブルエッグ、ストリング・チーズを。母はコマーシャルで観たのだ。これはどういうこと？　バランスのとれた朝食の一環だ。バランスのとれたアメリカの朝食というのは、ならばきっとものすごく量が多いに違いない、と母は思いこむ。

彼は食べられるかぎりなんでも食べる。食事の合間は消化しているしかないこともある。

このことは忘れていたけど、今思い出した：わたしが例のステープラーを降ろしたあと、彼がキッチンに行って母に言うのが聞こえる。太陽はこちらです。月はあちらです。ほら、ドアです！　すると母がケラケラ笑うのが聞こえる。

ほかにも母を笑わせることがある。ジョークだ。特に、ひどいやつ。どうやってゾウをエレベーターに乗せるか？　抱き上げて押し込む。どうやってゾウをエレベーターから降ろすか？　降ろさない。階段を使う。

機嫌のいいときに、母はコンビニでわたしに冷蔵庫用のマグネットを買ってくれる。このマグネット、BEST DAUGHTER（最高の娘）って書いてあるでしょ、と母は言い、わたしは頷く。BEST DOGSITTER（最高のドッグシッター）と書いてあるのだとはとても言えない。

最初に見たときには二つの言葉はとても似ている。二度目に見ると、ほとんど区別がつかない。

ふたつの上海語の言葉：Ma zi と Ah zi。一方はソックスという意味で、もう一方は靴という意味だ。わたしにはこの二つをきちんと覚えておくことがどうしてもできず、母はそれを面白がった。

ドッグシッターはどうでもいい。ドッグママだ。犬の公園で、わたしはある女の人に、うちの犬の掃除機恐怖症を治した話をする。

どうやって？　と女の人は訊ねる。

掃除機を使わないようにして。代わりに部屋の隅々に埃がたまるのを待っては、音の出ない塵取りを使うようにして。わたし、家があまり清潔すぎると神経過敏になっちゃうの、と話す。うちの両親の家を見たら、納得してくれると思うけど。人が住んでないみたいに見えてね、ベージュなの。

犬に、わたしは言う。わたしが犬《ドッグ》ママなら、あんたは犬息子《ドッグサン》だね。あんたが日本の犬なら、犬サンって呼ばなくちゃ。

幸せというのは何かを達成することだけではなく、ほかのいろんなことからも成り立っているのだとわかると、束の間すべてが明快に見える。

たとえば：

鍵、財布、手袋（両方）がそこそこの時間で見つかる。

引き綱が――引き綱はどこ、ウンコ袋はどこ、犬息子《ドッグサン》はどこ？――そこそこの時間で見つかる。

腰まで積もった雪のなかで、ほかの犬‐人間ペアに出会う。

犬たちが雪のなかを飛び跳ねるのを眺める。

顔面を凍りつかせながらも、犬たちが雪のなかで飛び跳ねるのを止めようとはしないでいる。

しるし。以前はしるしなんて信じていなかった。でも今ではとても大事だ。コーヒー店でカップに書くのに名前を訊かれて、思わず彼の名前を言ってしまう。

エリックですか？　女性のバリスタは怪訝な顔で訊き返し、わたしは、はい、いえ違います、と答え、それから数学の学生の名前を言う、それから、ジョイという名前を言う。


彼女から聞かされたときは、ちょっとショックだ。え、どうしたって？

カウンセリングを始めるの。

何も持たずに消えて、はどうなったのよ？

でも、あの子が大きくなったら、いろいろ訊かれるでしょ。人間はただ消えたりしないもん。

アメリア・エアハート。

一週間に一回だけよ、と彼女は言う。彼はまだよそで暮らしてる。まだ何も決まってない。

穏当な論理的考えを超越する肝っ玉。これはべつのパイロットがアメリア・エアハートについて語った言葉だ。

カウンセリングへと歩み、夫に会う親友の目の前で、カーペットが、カーテンが、ソファが、部屋にあるすべてのものがたちまち燃え上がり、怒声がたっぷり響きわたる。

彼に向って、彼女はこう言い続ける。よくもまあ！　それはチック症になっている。

彼女はわたしに電話してくる。わたしは彼女に電話する。わたしたちは二人とも夜遅く鏡の前に立って、頬と肩で携帯を挟んで髪をブラッシングしている。一時、彼女のカウンセリングがひどい成り行きだった話を中断したときに、彼女はエリックのことを訊ねる——彼からまた連絡はあった？

ない。

返事は書いた？

書いてない。

何かやってみた？

やってない。それと、そんな顔してわたしのこと見ないでよ。

彼女の顔が見えるわけじゃないけど、そんな顔してわたしを見てるってことはわかる。急に気が遠くなりそうになる。たぶんどうやって息をするか忘れてしまったせいだろう。どうやってまた息をするんだっけ？

あのね、と彼女は静かに付け加える。それと、彼、ほんとにあなたのことを思ってくれてたよ。

それって大事なことのはずでしょ。

　彼女にそう言われて、今さらながら彼女はしばらくそう言わずにいたのだなと思う。

　中国語には、愛についてのべつの言い方がある。情熱的な愛にではなく、家族間の愛情に使われる言葉だ。翻訳すると、あなたのためにわたしの心は疼く、という意味になる。

　母はわたしの寝室の戸口に立ってこんなことを言う、どうして母さんはもっと、アメリカ人の友人たちのお母さんみたいになれないの、とわたしが訊ねたからだ。どうして友達のお母さんたちみたいに愛情深くなれないの、と。すると母は手を胸に当てて、中国人は感情をここにしまっておいて、外には——母は宙を指さす——出さない、と答える。今のわたしは、もし母が正しい慣用句を知っていたなら、自分の袖を指さしていただろうと考える（袖のなかにこっそり隠しておく、という英語の言いまわしから）。

　父の英語の学び方を、わたしは覚えている。わたしたち一家は中国を出てきたばかり。あのワンルーム・アパートに住んでいる。仕事から戻ると、父は床に座る、机はないからだ。父は辞書を読む。一日に十の新しい単語を覚える。

　高校生のとき、わたしは棚に父の博士論文を見つける。読むのは最初のページだけ。最初のページは献辞だ。妻と娘へ、と始まり、そして完璧な英語で続いていく。

　わたしはそのページをたぶん千回は読んだのではないか。ページに指を走らせながら。

　わたしが大学生のときに、母から聞く話：

　あんたの父さんはね、子供のころ、いちばん下の妹をおんぶして医者に診てもらいに連れてったの。医者のところまで何キロもあった。妹は衰弱して死にかけていた。父さんは舗装していない田舎道を、できるだけ速く走った。でも医者のところに着くまえに妹は死んでしまった。それでも父さんは妹を医者のところまで連れていったの。

この話を聞いたわたしは、茫然とする。だけどどうして父さんはその妹のことをこれまで一度も口にしなかったの？　どうして今になってその人のことを知らされるの？　もっとまえに知っていたら、父さんって人がもっとわかってたかもしれないのに。成功への、恐れ知らずでいることへの欲求が。でも、そんなことは何も言わないのが中国流なのだ。いちばん深い感情は心のうちに閉じ込めて、月からでも見えそうな壁を築いておくことが。

数年早送り。わたしはエリックと暮らしはじめたところ。犬を手に入れたばかりだ。誰にでも犬のことをしゃべりたい。だけど、犬をミシガンに連れて帰るのが心配だ、きっと父が嫌がるだろうから。父はこれまで動物に興味を示したことがない。それに、あの両親のベージュ色の家に犬がどんなことをしでかすやら。

初めて犬と顔をあわせた父の表情は、わたしには読めない。無表情だ。ところが父の行く先々へ犬はついていく。

父は犬を、木の床の部分には入れてやるがカーペットの上には上がらせない。父は犬を、カーペットの上にはあがらせてやるが、ソファには上がらせない。夜、犬がひとりにされるのを嫌がって鳴くと、父は犬といっしょに床の上で寝る。

必要はないんだけど欲しくなるものを売ってる店がわたしを誘いこむ。小さなギフトや飾り物を置いている。ハート形のアルミの文鎮がある。わたしはそれを取り上げる。元に戻す。その文鎮のある生活を想像する。店を出る。毎回この繰り返し。

アルミニウムはかつて金より高価だった。ナポレオンはアルミのカトラリー一式を持っていて、王族の来訪時にしか使わなかった。金のセットは日常使いだった。

ついに、とにかくそれを買って、ポケットに入れてアパートのなかで歩きまわってみる。

これ何？　同じものを郵送で受け取った親友は訊ねる。

ハート。

それはわかるけど、これをどうしろっていうの？

どうでも、好きにして。

彼女がやっぱり文鎮として使っていると、赤ちゃんが見つけて、歯茎でがしがし噛む。

たいていは真面目くさった顔をしている赤ちゃんだ。でも誰かが目の前で紙を破きはじめると、彼女は自分を抑えられなくなる。あまりにも面白いんだもの。

赤ちゃんにはどんどん解説してあげなさい、とどの育児本にも書いてある。だからわたしは、母娘が来るとやってみる。

ここにきれいなオムツがあるでしょ、これでさっぱりさらさらになれるわよ。ほらもう一枚きれいなオムツがあるでしょ、最初のを当てようとしてたら、あんたウンチしちゃったんだもの。

ほら、シャツのボタンをかけますよ——ひとつ、ふたつ、みっつのボタン——それからふわふわの白いおズボンを上げましょうね。つぎはご本を読む？　なら、どれにする？　クマさんがいろいろ出てくるのはどう？　そんなふうにお首を振ってるのは、こんなクマさんは好きじゃないって言ってるのね。

何か食べる？　それって、食べるってこと？

ほら、こんなふうに紙を破いてみたらどうかしら、笑ってくれるかな。

笑い過ぎね。

さあ、またきれいなオムツがありますよ。

小癪な育児本は、最初の数か月、お母さんはひたすら赤ちゃんを生かしておこうと努めます、と説く。そして続く数年間は、赤ちゃんが赤ちゃん自身に害を及ぼさせないようにしようとひたすら努めるのです、と。

そこで、親友もまた赤ちゃんの救助者となっている——それに触っちゃだめよ。それを食べちゃいけません。拳を丸ごと口に入れて呑み込もうとしたりしないで。

わたしがこの年頃のときの母との写真はそんなにない。そのころうちにはカメラがなかった。

でも、こんなのがある。

母がわたしを踊らせようと、コーヒーテーブルの上に抱き上げている。わたしたちはどちらも、十枚重ね着している。これは冬の中国に違いない、うちに屋内暖房も一切なかったころだ。それでもわたしたちは笑顔だ。

はい、チーズ。のちにわたしはそう言えと教えられる。学校の写真。クラス写真。新しい友人たちとの写真。中国では、茄子にあたる言葉を言う。同じように口角が上にあがるのだ。

精神科医は本音を掘り起こす：ご両親がいなくなったら、あなたは親族のほかの人たちみんなとのつながりを失ってしまいますね。

彼女が言うのは、今もなお中国にいる人たちということ、それはつまりわたしたちを除くみんなだ。

わたしは返事する。できれば連絡をとり続けますよ。手紙を書いたり訪ねたりするでしょう。ぜったい電話はします。

ところが、家に帰る道すがら、自分が電話番号も住所も知らないことに気がつく。それにたとえ知っていたとしても、親族とはいえほんの数回しか会ったことのない人たちに何を話すのだ。ひとりで行っても、何を言えばいいのかわからないだろう。会話を追うことはできても、言い返すこともからかうこともできない。ユーモアが失われるとエリックが言ったのはほんとうだ。

わたしが親元を巣立って大学に入るまえ、両親は家を買う。一銭残らず貯金して買ったのは、環境のいい地区にある、庭付き二階建てで正面がレンガ造りの家だ。

中国語で家庭のことを jia と言う。

出ていくのだという思いで夢中だったわたしは、両親が何をしようとしているのか気がつかない。

母が言う：あんたにjiaがあるってことがあんたの父さんには大事なの。

父が言う：お前にjiaがあるってことがお前の母さんには大事なんだ。

でも家はさらにリフォームが必要だ。

経費削減のため、父はリフォームをすべて自分でやる。何もかも配線し直す。新しいヒーターを設置し、床を張り替え、天井と壁の取合部の廻り縁や母が選んだ照明器具をとりつける。まったく新しいポーチを作る。母は、ひと巻きの終わりに次の巻きの最初をそろえながら、各部屋に壁紙を貼っていく。二人は夜遅くまで作業する。母は父に道具を手渡し、はしごを立てるのを手伝う。はしごを立てる場所に防水布を敷く。

今思い返している滑稽なオンライン動画がある。中国で、レポーターのチームが、親に電話して愛してると言ってくれと、大学生たちに頼むというものだ。全員が、そんなことをするのは初めてだった。反応：

ああ。

妊娠したの？

酔っぱらってるの？

これから会議が始まるとこなんだけど。

ところが、ある学生が、愛してるともう一度言う。

なんでそんなこと言うの？　母親が訊ねる。

だって、愛してるんだもん。

すると母親は、なんだか淡々とした口調で言う。今日はあたしの人生でいちばん幸せな日だ。

こんな言葉が思い出される：
ご両親のために生きるというわけにはいきませんよ。やがては、親は死ぬんですから。
死なないでほしいです、だって、死んでしまったら、わたしはひとりぼっちになります。

四月、雪はようやく解けはじめる。

中国語で化学にあたる言葉は、hua xue。最初の漢字は、変える、変換する、融解するという意味だ。二番目の漢字は学ぶという意味。べつの声調で言うと、xue は雪という意味にもなるし、hua は談話という意味にもなり、化学は融雪になり、談話学になる。

五月はずっと雨だ。食料品を買ったり郵便を出したりしに外へ行かなくてはならないとき、わたしは空を睨みつける。

日が照っているときに雨が降る。そんなことってあるの？

どうやら、それは天気雨と呼ばれているらしい。

やっと雨がやむと、外へ出られる。

ところが、犬はマジックテープなのだ。花が咲きかけている木々から降ってくる花粉や茎や葉が片端から犬にくっつく。おかげでわたしは毎日一時間を、犬の体にくっついている植物をとるのに費やしている気がする。

あんたっておバカさんね、とわたしは話しかける。なんて可愛い。

この犬はほんとうに賢いのかもしれない。こんなこと、ほかに説明がつくだろうか…わたしがバナナの皮をむいていると、犬はそれを二部屋むこうから嗅ぎつけて、わたしの足元にやってきて見上げ、じりじりにじり寄ってくるので、しまいにわたしは果物を与えてしまった。

話があるといって親友が電話してくる。彼女はまた浴槽だ。

また？

ちょっとのあいだだけよ、と彼女は答える。とはいっても、そこは唯一彼女が考えごとのできる場所のひとつとなっている。ニューヨークでは初めての暑い日だ。ボストンでも初めての暑い日だ。二つの都市で、わたしたち以外は皆外へ出ている。

彼女の話というのは…わたしたち、もう年なのよ、と彼女は言う。それに、彼女は今や、記憶にあるいちばん最初のころの母親と同じ年齢なのだ。

それって、変な感じじゃない？

とたんに、自分が今やあの手紙を出しはじめたときの父と同じ歳なんだということに思い当たる。わたしは今や父といっしょに行こうと決心したときの母と同い年なのだ。

なんて勇気だろう。

もし今アメリカを離れなければならないとしたら、わたしは不安に駆られるだろう。今度の新しい場所を好きになれないんじゃないか、そして逆もまたしかりという恐れがある。それにまた、けっして心から馴染むことができなくて、いつまでもタクシーに乗ったり降りたりを繰り返すんじゃないかという恐れも。

わたしはすぐさま母に電話する。

母さん、そこにいる？

ほかにどこにいるっていうの？　と母は返事する。

勇気のことは何も言わない。ちょっと携帯の電波を確かめたかったのだと言う。

母といちばん長く電話したのは夏の北京オリンピックの開会式のときだ。あのステージの夥しい人の数、あの国の長い歴史。わたしの国？　というより母の国だ。カラフルな衣装と打楽器と書の四時間。わたしはそれを研究室で見つめ、母は家で観ている。でも通話のあいだ、わたしたちは互いにほとんど話はしない。何を言う必要がある？　そのあいだずっとわたしは考える。これは信じられないほど素晴らしい、中国の人たちはどうやってこんなことをやってのけたのだろう、これ以上のことがこの先誰にできるだろう？　わたしは誇らしくてたまらない。

オンライン・フィットネスのグルはよく体幹力について口にする。体幹がじゅうぶんに強くなれば、ああいうバカバカしいほどハードな動きを笑顔でやってのけられるようになるというのだ。

精神科医も似たようなことを言う、でも彼女が言うのは内面の精神力のことだ。

生物学的には、体力はミトコンドリアに由来している、これは細胞内小器官で、わたしたちの体のエネルギーすべてを作り出す。ミトコンドリアは、ユニークな特色として独自のDNAを持っている。体の他の部分は、半分は父親から、もう半分は母親から受け継いだ遺伝暗号に基づいているのに、ミトコンドリアのDNAはまったく母性遺伝のみで、母親から受け継がれる。

個人指導が永続的なものでないのはわかっている。長期間できることでないのは承知している。でもわたしはこの仕事が好きだし、そんなに悪い教師でもない。

もしかして、どこかで常勤の教師になってもいいかも。

学校で。

それとも小さな大学で。

なんらかの安定性を請け合えるようになれば、両親に何もかも話せる、博士号取得を投げ出したことも、つぎのステップのことも。このことについてきちんと見極めをつけるまで、もっと時間が要る、いったん見極めがついたら、両親に何もかも話そう。

わたしの半分はこう言う。真実を話さないことで、あんたは自分自身を傷つけてるだけだ。そしてもう半分はこう言う。だけど、この先どうやっていくのか計画もないまま今真実を話したら、両親をもっと傷つけてしまう。両親に話して何が得られる？　もめ事を引き起こすだけだ。

心の平和？　励まし？　支え？

カタルシスだなんて言わないで。

カタルシス。

自分のためにもっと何かできるまで、結婚はしたくない。でもまた、わたしは両親に対して、自分のためにもっと何かしなければならないという義務を負っていて、エリックにはこれが理解できなかった。彼は言った。ご両親に対して何か義務を負うなんておかしいよ。わたしたちはこのことについて議論する。アメリカ人は個人を持ち出す。中国人はxiao shun（孝順）を持ち出す。両親から完全に独立していると子供が感じるなんてことがあると思うか、とエリックに訊ねると、彼は、それっていったいどういう質問だよ？　と返す。

だけど今、わたしにはよくわからない。すでに知ってしまったことが多すぎる。

母さん、父さん、あなたのためのために心が疼くってどういう意味か、わたしにはわかってると思うよ。

親友があのアルミのハートをカウンセリングに持っていくと、不思議なことが起こる。彼女がそれをテーブルに置くと、テーブルはもはや炎に覆われてはいない。それに怒声も減る。

そこで彼女は毎週ハートを持っていって、テーブルに置く。

しまいにね、と彼女は話す、部屋はただの部屋になって、夫の顔がちゃんと記憶にあるとおりに見えるようになったの。

彼らの分譲アパートを訪れると、彼女はわたしに理由を説明する：

わたしたちはいい組み合わせでしょ。わたしたちは経済的にとても安定している。子供にいい生活をさせてやれる。それに、彼女は馴れ初めのころのことをもっと考えてみた。彼女が結婚したあの男は、夫のなかになおも存在している。

だけど、あなたは？　夫と赤ちゃんが別室にいるあいだに、わたしは訊ねる。

わたしがどうしたって？

あなたは完全に幸せにはなれないでしょ。

なれるかもしれない。

でもそのとき、別室で赤ちゃんが金切り声をあげるのが聞こえ、駆け込む。

赤ちゃんはだいじょうぶ？　何かあったの？

何も問題ないよ。

夫が赤ちゃんを、例の紙をずたずたにするときみたいに笑わせるもうひとつの方法を発見したにすぎない。それはただ、彼がそこに立って、自分の鼻に触るというだけのことだ。

娘に宛てた手紙に、アインシュタインは、愛は人間が意のままに操るすべを身につけていない宇宙で唯一のエネルギーだ、と記したという。彼はそれを科学者が見過ごしてきた宇宙の力であるとした。

エリックがいつも理解してくれたわけでないとはいえ、わたしへの彼の献身的愛情、どうしてわたしはそれを見過ごしていたのだろう？　論理的にはわかっていたのだと思う、でも、まず誰かほかのひとから言ってもらう必要があったのだ。

彼があるとき話したジャンプのことに、わたしはいつも戻ってしまう。彼にはできて、わたしにはできなかった。

人生において向上を図るには、常に自分をより優れた人間と比べなくてはならない。すべての面において優れた、というのではないかもしれないけれど、一部の面においては優れた。

わたしが見つめていると、彼は先に川に入っていって、そのままどんどん進んで行けそうだ。ところが、彼は流れのまんなかで足を止めて、わたしが追いつくのを待ってくれる。

晴天の週末。暖かいそよ風。七月の二週間、天気は文句のつけようがない。

わたしはごくささやかなディナー・パーティーを催している。赤ちゃんが一歳になった、そこでわたしはバナーを吊るし、ピニャータ（なかに菓子や玩具を詰めた紙製のくす玉人形）にいっぱい詰めこんで、あらん限りの手腕を発揮して犬にパーティー・ハットをかぶせて結びつけ、犬はそのハットに怯えてクローゼットに逃げこんで歯をガタガタいわせている。

親友と夫がここにいる。数学の学生も。わたしたちは赤ちゃんが玩具で遊ぶのを見守る。

玩具って言わないで、と親友がささやく。お友達って言って。あの子にはわかってるの。あの子がどうわかっているのか、わたしにはわからない、あの子はただ行動する。

そしてわたしたちは、彼女がお友達を部屋の一方の隅からもう一方へ投げ、それから大きさの順に一列に並べて叱りつけるのを見守る。

バー、ビー、ウォー、バー、ビー、ウォー。

この赤ちゃんは天才かもしれない。彼女はまた男心をくすぐるのがうまく、初めて会った数学の学生にむかって小指をくねくねさせる。こっちへいらっしゃい、と天才の小指は言う。あたし、バギーの玉座に座って押してもらいたいの。

彼は押し、夫はまるで輪ゴムで括りつけられているかのように親友にくっついて立っている。ちょっと空間ができると、夫は不安そうに顔をしかめる。

手伝おうか？　何をしたらいい？　夫は訊ねてばかりだ。

しまいにわたしたちは彼を、チェダーチーズを買いに店に行かせる。彼はその店でありとあらゆる種類のチェダーチーズを買って帰ってくる。わたしは笑わずにいられない。こんなに大量のチーズ、どうしたらいい？　わたしたちのスリーチーズ・ディップはこれでは四倍の量になってしまう。

このディップを作っているときに、わたしは親友を脇へ引き寄せる。どう？　と数学の学生を身振りで示しながら訊ねる。彼はまだバギーを押しているけれど、今は電車の音を真似してる。

とってもいい電車ね、と親友は答える。これまで見たなかで最高かも。だけどよくわかんない、あなたもそうなんでしょうけど。

わたしは考えないようにしてる。

かつては、心臓の細胞は再生しない、いったん死ぬと入れ替わることはないと思われていた。今では心臓に新陳代謝能力があることが知られている。でもそのプロセスはとてもゆっくりしている。平均的な人の場合、毎年一パーセントの割合だ。

エリックの新しい研究室にはウェブページがあって、そのウェブページには写真が出ている。そのうちの一枚に、エリックが女の人の体に腕をまわして写っているのがあって、わたしはそのページを際限なく再読み込みしてしまう。

この女は誰なのか、どこの出身なのか、歳はいくつなのか、身長は、体重は、家族歴は、ペットの好みは？　この写真についての説明はどこ？　わたしには千くらいの説明が必要だ。彼女をグーグル検索しよう。ところが目下グーグルは速度が遅くて腹が立つばかりで役に立たない。

彼女は教職員のひとりだとわかる。同じく化学科だ。彼女には出版されている著作がたくさんあって、いちばん下までスクロールすると、次というボタンが現れるほどだ。

次だなんて、過大評価だよね、とわたしは犬に言う。

かくしてわたしは次をクリックしない。かくしてわたしはウェブページを閉じる。かくしてわたしはウェブページをまた開き、次をクリックし、それから犬に話しかける、誰にも一言も言っちゃだめだからね、お友達のリスたちにだって。

またも賭け：もし明日世界が終わるなら、わたしはエリックにメールしてこの女のことを訊く。もし世界が終わらないなら、そのことは忘れる。

宇宙の終焉は大収縮《ビッグ・クランチ》と呼ばれている、収縮してまた元に戻るなら。目下のところ、これはただの推論だけど、あと何十億年もたったらはっきりわかるだろう。ビッグ・クランチのときにまだ人類がいたら、きっとパニックに陥る。スーパーへ走って、水をぜんぶ買い占めることだろう。

わたしはセッションのあいだじゅう、精神科医にビッグ・クランチのことを話し、それから、うちの犬はガールフレンドが多すぎて心配だと言う。彼には近所にすくなくとも五匹のガールフレンドがいる、ぜんぶパグだ。

どんな花が好き？　と数学の学生が訊ねる。

バラとか大きな花束とかじゃなくて。あんまり雑然とした感じじゃなくて、完璧にも見えないやつ。

すぐさま、鉢植えの草が届く。

うーん、と配達の男の子は言う。

最高ね、とわたしは返す。

公園で、わたしは目に入る花の花びらを片っ端からさっとはじく。

子供みたいだね、わたしがそうするのを見るたびにエリックは言った。それからおでこに軽くキスしてくれる。わたしが今指でさすっている部分に。

数学の学生とキスすると、歯はぶつかって音をたてたりしない。うまく遂行される。

鉢植えの草は、思いがけない誕生日プレゼントのつもりだったんだ、と彼は言う。

だけど、まだ三か月も先よ。

彼は答える。実際の誕生日にあげたんじゃ、思いがけないプレゼントにならないだろ。

世界は終わらない。ということは、彼女のことは、写真のあの女のことは忘れなくちゃ。彼女が美人でしかも優秀だという確率はどのくらいのものだったのだろう？　どちらか片方だけというわけにはいかなかったのだろうか？　でも彼女は彼には背が高すぎるかもしれない。目が合う高さだ。彼は顎を彼女の頭のてっぺんに乗せるわけにはいかない。

でもたぶん、彼女みたいな女性は、頭に顎をのせてもらう必要なんかないんだろう。

中国語はじつのところとても音楽的だ。わたしがエリックにそう話すと、彼は驚いた。

中国の四大小説は、Water Margin（水滸伝）、Dream of the Red Chamber（紅楼夢）、Romance of the Three Kingdoms（三国志演義）、Journey to the West（西遊記）だ。

初めてこれらのタイトルを耳にしたとき、わたしはげっそりする。翻訳されると、リズムの多くが失われてしまう。Journey to the West は Xi You Ji と三音節で、とてもパンチが効いている。この小説はわたしの愛読書。はみ出し者仲間たちが悪と戦いながら中国を横切って旅をする冒険小説だ。ヒーローは猿の王《モンキー・キング》。彼は半分神で半分猿で、どんな大きさにでもなる棒を耳から引っ張り出しては敵を打ちのめす。でも彼は完璧なヒーローではない。大体において、彼は反逆者だ。だからこそ、彼がいちばん親しんでいる道連れは僧で、純粋な心の持ち主なのだ。

母：中国の小説を読むなら、あれにしときなさい。

この小説がいちばん面白いからだろうとわたしは考える、登場人物たちは超人的だし。でも今、わたしは思う。もしかしたら、わたしたちの文化にはあんなヒーローがいるんだってことをわたしに気づかせるためでもあったのではないかと。羊ではなく、モンキー・キングが。

あの小説といえば、エリックに言ったっけ。その僧っていうのがね、どうもあなたを思い出しちゃうの。ただし、彼はいつもお経を唱えてて、あなたはいつもなんかのメロディーをハミングしてるんだけど。

あなたにとって、ホームはどこですか？　と精神科医が訊ねる。

どうなんでしょう。それって大事なことですか？　当分のあいだは二つの場所のあいだでいいです。

母にとっては、母がどこをホームと考えるかわたしはちゃんとわかっている。ホームとは、母の母親がいるところだ。

父はこういう抽象的なことは考えない、とわたしはいつも思っていた。

だけどそれなら、どうしてこんなことが思い浮かぶんだろう？

子供のころのわたしは乗り物に酔いやすく、車に乗るのがどうも好きじゃない。

車酔いを治す父の方法は、遠くの緑のものを見ることだ。あの丘を見てごらん、と父は言う、それともあっちの木の茂みを。今日にいたるまで、ほかの人がそんなことを言うのは聞いたことがない。遠くにある静止したものを見なさいというのは聞くけれど、緑なんて聞いたことない。

そして、わたしは父が育ったところを訪れる。そのときは気がつかない――わたしはまだうんと幼い――でも、今になってわかる。遠いところはどちらを見てもすべて緑だった。


なにもしない一日、犬にものを投げては持ってこさせて遊んだだけだ。つぎの日、わたしは精神科医に話す。犬の毛皮のにおいを嗅いだら、お日さまがどんなにおいなのかわかりますよ。トーストしたコーンチップみたいなにおいなんです。


『グッドナイト・ムーン』にはとても素敵なプロポーズが出てくる。男が女の指に糸を結び、それからその糸に指輪を滑らせるのだ。一度糸をちぎれさせてしまったことがあるけれど、二度とちぎれるようなことはしない、と彼は言う。

母にプロポーズするとき、父は母の指に草の葉を巻く。ふたりは田舎に住む父の家族を訪れようとしている。母は父の自転車にいっしょに乗り、父の腰にしがみつく。自転車は地面のでっぱりにぶつかって、二人とも土の上に投げ出される。母は父の実家に汚れた姿でたどり着く、でも機嫌が悪くはない。泥は洗えば落ちる、と母は言い、父はそのとき、母が見かけほどか弱くはないことに気づく。まだ学生の父は、とても貧しくて指輪など買えない。でも、母の指に草の葉を巻きつけながら、いつかそのうち自分で指輪を作ってあげるからね、と言う。

父はその後金属合金の専門家となる。わたしが大学に入って家を出る一年まえ、父は、鉄、タングステン、モリブデン、クロミウム、チタンから母に指輪を作る。父は実験室で、自分で比率を調整し、それから金属元素を溶かして指輪の形にする。母の指にぴったりのサイズになるように。三号サイズの指だ。

母がビニール袋からその指輪を取り出し、光にかざすのをわたしは見守る。合金でできてる、と父は言う。それは強いんだ、と。割れるまえに曲がる、と説明する。母は、言葉が出てこないなんてことはない人なのに、言葉が出ない。

長いあいだ、科学者たちはなぜ原子核がくっつくのかわからなかった。理論的にはくっつくはずがないのだ。すべて正電荷で構成されているので反発するはずなのに、なぜかそのままでいる。あの車から母が飛び降りたとは思えない。きっと三まで数えたら、母は思いとどまっていただろう。

しまいに、母は父に言う。何が起ころうと、離婚はしない。

実際の誕生日になると、わたしは何通かのカードを受け取る。ほとんどは遠方の友人たちからのものだ。二通は親友から。でも、なかの一通に不意をつかれる。見たとたん筆跡がわかる。小文字ばかりだ。rのように見えるn、sのように見えるr。

わたしはしょっちゅう彼の筆跡についてあれこれ言っていた、アラン・チューリングだってこんなの解読できないよって。

彼は冗談を書いている。**犬の歳なら、君はもうすごい年寄りだね。**

彼は書いている。オハイオはまったいらだ。

何も書かれていないところにところどころ小さな点々が飛んでいるのに気づく。彼がペンを置き、それからほかに何か書くことを思いついてまた手にとった痕跡だろうか。

二度目に申し込んだあと、エリックは言った。僕だって君は僕と同等だと思っていなければ、こんなに長くいっしょにいられなかったよ。だけど、同等だってことの何がそんなに大したことなの？　とわたしは思った。しまいにはどの結婚も悲劇に終わるのに。

わたしは直ちに親友に訊ねる。もう一度教えて。どうして彼といっしょにいるの？

とてもいい組み合わせだし。経済的に安定してるし。あの鼻に触るやつも。

ああ、あの鼻に触るやつね。

ふたつの結婚：

クララ及びフリッツ・ハーバー：クララは化学で博士号を取得する。彼女は学校で唯一の女性だ。優秀だけれど、打ち解けない。フリッツが最初に結婚を申し込んだ時には、彼女は断る。二度目の時は、承諾する。結婚すると、夫はクララに主婦と母でいることを要求し、自分は仕事で家を空ける。一九一四年に戦争が勃発すると、彼は自分の愛国心を、人間の目には見えず、しかもまったく音を立てない新兵器の開発によって証明する。塩素ガスのことを知ったクララは、自宅の庭で、銃で自殺する。

マリー及びピエール・キュリー：ピエールはマリーになんども結婚を申し込んだあげく、承諾してもらう。この二人の女性の、そういえば共通項だ。結婚式の日、彼女はダークブルーのドレスを着る。このほうが実用的だ、と彼女は考え、式のあとでそのドレスのままピエールとともに実験室へ戻る。実験室は夫婦の住まいの地下にある。三年後、夫婦はポロニウムとラジウムを発見する。八年後、夫婦はノーベル賞を受賞する。当初委員会は彼女の業績を評価しようとしない（それまで女性が受賞したことはない）が、ピエールが要求する——十トンものミネラル分の豊富な鉱石をふるいにかけてあの十分の一グラムを発見したのは彼女なのだ。

もしかしたら、すべての結婚はこの両極端のあいだに位置しているということなのかもしれない。

波動‐粒子の二重性が初めて提案されると、科学的思考に変化が起こる。それまでは、すべてのことがわかっていると考えられている。それ以後は、ハイゼンベルクの不確定性原理が発展する。シュレディンガーと彼の猫が。

ねえエリック、わたしもあなたのために心が疼いてるよ。

数年まえ、母は自分の母親を訪ねて中国へ帰った。子供のころのわたしの好物だったお菓子がひと箱届いた。箱のお菓子をどんどん食べていって、最後のひとつになったところでやめた。食べてしまうことなどできなかった。あまりに貴重に思えたのだ。わたしはそれをカウンターに置いておいて、しだいにカビが生えていくのを眺めた。これは捨てなきゃだめだよ、とあなたが言ったときでさえ、わたしは拒否した。わたしはそれをプラスチック容器に入れてから冷蔵庫の奥につっこんだ。あなたが行ってしまった日、わたしはあのお菓子を取り出して食べた。そうしたら十一日間気分が悪かった。

純粋結晶体とは完璧な反復単位を持つ結晶体だ。化学でどんなものを美しいと思うかってあなたに訊いたら、これを教えてくれたよね。だけど、人生における反復単位はどう？　ほとんどの場合不完全だ。

ねえエリック、わたしはあなたに短い手紙を書いてる。こんなふうに訊ねるの：**ちょっとのあいだまた戻ってくる気はない？　ただの友達として。**

謝辞

美術学修士課程及びそのあともご指導くださったボストン大学創作コースの信じられないほど素晴らしい先生方、レスリー、シュウフェイ、シーグリッドに感謝します。並外れて勤勉な物書き仲間、ジェイミー、キャロライン、ジェフ、マイケル・M、ゾイ、ジリアン、ミシェル、ケイティー、リー、この作品を可能なかぎりもっとも良い形になるまで改稿する際に手助けをしてくれて有難う。ジェイミー、キャロライン、ジェフ、マイケル・M、キャサリンには、電話やメール、ときおりの夜の外出を通じてずっと支えてもらったことにも感謝を。マイケル・C、わたしの最初で最後の読者になってくれて有難う。リンダとユーインには長年にわたる類まれな友情に感謝を。この作品とわたしを信じてくれたジョイに感謝します。ジェニファーには、その洞察力、編集能力、そして励ましに感謝します。この小説を世に送り出してくださったクノップの皆さま、有難うございました。わたしのいちばん最初の創作の先生であり導き手でもあったエイミー、そもそもわたしに書くことを勧めてくださり、ほんとうに有難うございました。そしてなにより両親に感謝を。

訳者あとがき

本書がデビュー作となる著者、ウェイク・ワンは、中国、南京の生まれ。五歳のときに両親と共にオーストラリアへ移住。それからカナダを経由して十一歳のときにアメリカへやってきた。周囲はほとんど白人ばかりという環境のなかで成長し、ミシガン州の当時全米でトップクラスと言われた高校に入り、その後、これまた屈指の名門校であるマサチューセッツ州ボストンのハーバード大学に進学、化学と英文学を専攻。大学時代は毎晩四時間しか眠らなかったという猛勉強ぶりで、医学部進学課程を履修し、MCATと呼ばれる医科大学入学試験も受けたのだが、どうも医学が自分に合うと思えず、一年間大学を離れた。その間、幾つかの短篇を書いてあちこちへ送ってみたりもしたが、成果はなかった。「なるべく道を見失わないようにするには、学校へ戻るのが一番」という父の日頃の教えを守って、ワンはハーバード大学院へ戻り、公衆衛生学の博士課程へ進学した。自分が作家になるなどまず無理だろうと思い、父親譲りの現実主義から、まずは生計の道を確保しておこうと考えたのだ。とはいえ「書く」ことはやはり諦めきれず、博士課程の最中にボストン大学の美術学修士課程に出願、合格した。しかし博士課程を途中で投げうつことはできない。もし自分が本当に作家になりたいのなら、書くことが好きでたまらないのなら、博士号取得を目指すと同時に美術学修士課程をこなせるはずだ、とワンは自分を追いつめ、果敢に一度に二つの道を突進しはじめた。しかも博士課程は給料が出ないものだったため（アメリカでは理系の博士課程は給料が支給されるものが多い）、生活を支えるために週に十八時間、MCATなどの試験の準備をしている学生たちの個人指導をしていたというのだから恐れ入る。

ちなみに、ボストン大学では、二〇一八年に『The Friend』で全米図書賞を受賞したシーグリッド・ヌーネスやハ・ジンの教えを受けた。やがて執筆した短篇がぽつぽつ雑誌に採用され始め、そして、フィクションで美術学修士号を取得するために書いた小説が、デビュー作となった本書である。読者を得られるなどとは夢にも思わず書いたものが、アドバイザーからエージェントを紹介してもらったことでとんとん拍子に出版の運びとなった。二〇一七年に刊行されるや、本書は注目を浴び、さまざまな媒体で「今年の一冊」に選ばれ、翌二〇一八年には、フィクション、ノンフィクション、詩、演劇の分野の新進作家十人に毎年授与されるホワイティング賞、デビュー作家を対象とするPEN／ヘミングウェイ賞を受賞した。またワンは全米図書協会の一七年度「三五歳未満の注目作家五人」のひとりに選ばれている。本作は現在アマゾン・スタジオが映画化を検討中とのこと。一方で、公衆衛生学の博士号のほうも癌の疫学研究でちゃんと取得している。六年間にわたる博士課程の刻苦勉励の日々を乗り切るにあたって、途中でくじけてしまった女の子の話を書くのはある種の癒し効果があったとのことだ。

さて、本作であるが、今風のひとことで表すなら「こじらせリケジョの煩悶」といったところか。語り手は「ボストンにある全米トップクラスの大学」の、化学の博士課程で研究中の中国系女性。中国の辺鄙な農村の極貧家庭で育った父は、血のにじむような努力で勉学に励んで身を起こし、妻と娘を連れてアメリカへ移住。そこでまた並々ならぬ奮闘によって安定した生活基盤を築き上げた。そしてそういう移民の常として、娘には多大な期待をかけている。語り手はそんな両親の期待に沿って優等生を通してきたのだが、今や自分が博士号を取得して化学者となれるのかどうか自信がなくなり、ついにはドロップアウトしてしまう。

同じ研究室で出会った、容姿といい性格といい頭脳といい非の打ちどころのない白人男性と恋仲になり、ここ数年同棲していて、順調に博士号を取得してオハイオに職を見つけた彼から結婚を申し込まれているのだが、愛していないわけではないのにどうしても踏み切れない。ずっと不仲で喧嘩ばかりしている両親の姿が頭にちらつくのも大きな原因だ。自分たちもそうならないと、どうして言える？　そしてその両親の存在が、語り手の心にいつも重くのしかかっている。博士課程で挫折したことを、両親に打ち明けられないでいるのだ。

こんな語り手の悶々とした心の内が、ぶっきらぼうで淡々とした、独特のユーモアを滲ませた文体で、さまざまな科学のトリビアを象徴的に交えて語られる。文中にdeadpan《デッドパン》という言葉が登場する。語り手が母親の物言いを表すのに使っているのだが、本書の文体がまさにそれで、しらっとした趣の文章のあちこちで笑わせられる。

読み始めてまず気づくのが、語り手の同棲相手であるエリック以外一切名前が出てこないことだ。愛犬でさえただ「犬」と呼ばれる。ワンによると、作品を書き始めた当初、出自によってレッテルを貼られるのが嫌で、登場人物の人種を極力明らかにしないよう努めていて、そのためもあって登場人物に名前を与えないことがよくあったが、本書の場合は、エリックだけが語り手にとって関係性が曖昧、恋人とはいえ、途中で関係はこじれてしまうし、呼称を定めようがないのでこうなったとのこと。

最初は自分のエスニシティを作品で明らかにしないよう努めていたワンだが、やがて自分のバックグラウンドに関心が向きはじめ、意図的に中国系移民の視点で書くようになった。すると案の定、語り手は自分がモデルなのか、とよく訊かれるという。白人について書いている白人の作家はそんな質問は受けないのに、とワンはあるインタビューで、ちょっと苦い口調で述べている。ちなみに、本書でワンの実生活が反映されているのは犬だけだそうだ。ワンの愛犬はまさにこういう犬らしい。白人と結婚してはいるが作中のカップルのようなことは一切なく、両親像はあちこちからの寄せ集めだとのこと。

アメリカでは、二〇一一年に刊行されたエイミー・チュアのベストセラーの表題をとって「タイガー・マザー」と呼ばれる中国系の母親たちのスパルタ教育ぶりが、ステレオタイプな概念として流布している。子供にオールAを取ることを求め、娯楽に繋がる活動は一切禁止して優等生に育て上げる、というのは、本書の語り手の父親にも通じる態度だ。

ニューヨーカーのインタビューで、ワンは「自分が何人《なにじん》なのか意識する必要がないというのは、特権だと思います」と述べている。本書の語り手は自分が何人であるかについてとても敏感だ、というか、敏感にならざるを得ない。そんな語り手をワンは、いわゆる「モデル・マイノリティー」とはなるべく異なった人物像につくりあげている。語り手もその母も、物静かで従順なアジア人女性のイメージとはほど遠い。せっかちですぐ腹を立て、怒鳴り、突拍子もない行動をとる。語り手は、中国系の親の典型ともいうべき子供に対してやたら厳しい両親に不満を抱きつつも、そんな態度の裏にある深い愛情にちゃんと気づいている。アジア系アメリカ人作家ワークショップのインタビューで、ワンは、子供に大きな期待をかけてスパルタ式教育を施すアジア系の親というステレオタイプなイメージの流布についてはわたしたち子供にも責任の一端がある、と語っている。「十代のころ、わたしは周囲に、親がやたら厳しくて実利的だから有名校に進学しなきゃならないって話してました。うちの親は移民だから、アジア系だからね、と、自分を貶めるようなことを言ってたんです。自分をひどく傷つけていたわけです、そんな態度の裏にある親の思いは説明しなかったんですから。新しい国で生き延びようとしていたんです、そりゃあ厳しくもなりますよ、子供にホームレスになってほしくはないですからね。最初やってきたときはホームレス同然なんです。そういう状態に近いところにいると、なおさら怖くなるものなんです。それは人種や性別を問わない人間としての特性です」本書には、移民である両親の表面には現れない愛情が、しっかりと描かれている。

当然のことながら、言葉についても語り手は敏感だ。学んで身に着けた言葉である英語を今や母語とせざるを得ない語り手の周囲では、両親の話す標準中国語や母の母語である上海語が飛び交う。標準中国語については、話す、聞くはほぼ問題ないものの（中国のいとこからは喋り方がオバサンみたいだと言われるが）、読み書きは無理で、上海語はほんの少ししかわからない。ワンは、ジュノ・ディアズが作中に平気でスペイン語のセンテンスを挿入するような調子で、語り手の世界に中国語を挿入したかったのだ、という。その効果を楽しんでいただきたい。

なおタイトルについてだが、原題である『Chemistry』には「相性」の意味もあるので、「化学」とはせずにそのままカタカナ表記とした。

ワンは現在ニューヨーク市に在住、創作コースで教鞭をとったりもしながら、長年にわたる友情をテーマにしたつぎの小説に取り組み、合間に短篇も書いているとのこと。

ちなみに、二〇一八年、ニューヨーカーに掲載された短篇『Omakase』は、二〇一九年度〇・ヘンリー賞を受賞している。これは、中国系女性と白人男性のカップルが、日本人板前が握るニューヨークの寿司屋で「おまかせ」コースを味わうというセッティングなのだが、カップルが板前と言葉を交わしながら寿司を食べ終えるまでのあいだに、カップルの背景や、微妙な力関係、無邪気でどうかすると無神経な男にイラっとしながらそんな自分を反省したりする自意識過剰な女の複雑な心情、それに日本人と中国人とのあいだのねじれた感情までをも鮮やかに描き出した見事な一篇で、じつはこれを読んでウェイク・ワンという作家を知り、デビュー長篇を読んでみたところ、その独特のヴォイスに驚嘆したことが、本書がこうして刊行されるきっかけとなった。

翻訳家、平野キャシーさんには、今回も大変お世話になりました。また、元リケジョである新潮社出版部の加藤木礼さんには、原稿を綿密にチェックしていただき、特にわたしの苦手な科学の分野について大いに助けていただきました。ありがとうございました。そして、本書の邦訳刊行に尽力してくださった須貝利恵子さんに、深く感謝いたします。

PEN／ヘミングウェイ賞の三人の審査員（クリス・カステラーニ、ジェラルディン・ブルックス、エリザベス・ストラウト）が「省略の多い、きれいさっぱりそぎ落とした骨のような文章で綴られた、見事な作品」と称賛した本書を、日本の読者の皆さまも楽しんでくださいますよう。

二〇一九年九月

小竹由美子

Chemistry
Weike Wang

ケミストリー

著者
ウェイク・ワン
訳者
小竹由美子
発行
2019年9月25日

発行者　佐藤隆信
発行所　株式会社新潮社
〒162-8711 東京都新宿区矢来町71
電話 編集部 03-3266-5411
読者係 03-3266-5111
https://www.shinchosha.co.jp

印刷所
株式会社精興社
製本所
大口製本印刷株式会社

乱丁・落丁本は、ご面倒ですが小社読者係宛お送り下さい。
送料小社負担にてお取替えいたします。
価格はカバーに表示してあります。

ISBN978-4-10-590160-8 C0397

CREST BOOKS
Shinchosha

ディア・ライフ

Dear Life
Alice Munro

アリス・マンロー
小竹由美子訳
二〇一三年、ノーベル文学賞受賞。A・S・バイアット、
ジュリアン・バーンズ、ジョナサン・フランゼン、
ジュンパ・ラヒリら世界の作家が敬意を表する
現代最高の短篇小説家による最新にして最後の作品集。

CREST BOOKS

低地

The Lowland
Jhumpa Lahiri

ジュンパ・ラヒリ
小川高義訳

若くして命を落とした弟。その身重の妻をうけとめた兄。着想から十六年。両親の故郷カルカッタと作家自身が育ったロードアイランドを舞台とする波乱の家族史。十年ぶり、期待を超える傑作長篇小説。

CREST BOOKS

オスカー・ワオの短く凄まじい人生

The Brief Wondrous Life of Oscar Wao
Junot Díaz

ジュノ・ディアス
都甲幸治・久保尚美訳

オタク青年オスカーの悲恋の陰には、カリブの呪いが――。
マジックリアリズムとサブカルチャー、英語とスペイン語が
激突して生まれた、まったく新しいアメリカ文学の声。
ピュリツァー賞、全米批評家協会賞ダブル受賞作。

CREST BOOKS

あの素晴らしき七年

The Seven Good Years
Etgar Keret

エトガル・ケレット
秋元孝文訳

愛しい息子の誕生から、ホロコーストを生き延びた父の死まで。
現代イスラエルに生きる一家に訪れた激動の日々を、
深い悲嘆と類い稀なユーモア、静かな祈りを込めて綴る36篇。
世界中で愛される掌篇作家による、胸を打つエッセイ集。

CREST BOOKS

千年の祈り

A Thousand Years of Good Prayers
Yiyun Li

イーユン・リー
篠森ゆりこ訳

長く深い祈りの末、私たちは出会った――。
わずか渡米十年にして、フランク・オコナー国際短篇賞、
PEN／ヘミングウェイ賞、プッシュカート賞ほか独占。
北京生まれの新鋭による鮮烈なデビュー短篇集。

CREST BOOKS